AQUARIUS

AQUARIUS

AQUARIUS

AQUARIUS

每個人心中都有一座島嶼，

藉文字呼息而靜謐，

Island，我們心靈的岸。

布拉格廣場
沒有許願池

夏雪、吳沚默（Momo）——合著

【推薦文】

兩個女孩的樹洞

◎蔡淇華（作家）

「舒適圈就像一個美麗的泡沫，人們驚豔於泡沫的美麗，卻沒有看到破滅的危險。」──夏雪

「寒冬面前，人人都只能抱緊自己。」── Momo

夏雪在〈周慕雲的樹洞〉這篇，提到電影《花樣年華》裡周慕雲的話：「如果一個人有祕密，便會找一棵樹，挖一個洞，將祕密告訴它，再用泥巴堵住洞口，這個祕密便不會被別人知道。」

《布拉格廣場沒有許願池》就像是兩個女孩的樹洞，她們將這趟旅行當成一棵樹，在不同的風景裡挖掘可以摺疊時空的蟲洞。兩個女孩對著洞口，叨叨絮絮自己的祕密，只有讀者能聽到：「旅居臺灣以前，（在香港）只要平均每個月都接到一個業配，就已經足夠我一個月的開銷，可是當公關公司知道我移居臺灣（花蓮），便慢慢捨遠取近。有好長一

段時間，我接不到一個業配，甚至連邀稿都沒有，生活便從穩定轉趨為飄忽。我買了一大袋地瓜回家，跟泡麵替換著吃。從事職業寫作至今，已經八個年頭了……目前而言，我已經接近四個月沒有接到新案子了。」

夏雪站在青春的洞口，鼻息對著洞口，說出令歲月微疼的話。

被影視寒冬當成背景的 Momo，站在時光的風口，倚著大樹，努力不讓自己的美麗與才情被時間吹走，她也對這樹洞欲語還休：「這是我第六個月幾乎都沒有接到有對白的角色了，這對演員來說是一件可怕的事。你在鏡頭前，卻開不了口，永遠只能看著別人演戲，自己做反應。你精心梳化，熟讀劇本，最後卻只是站在那裡，被納入背景。」

思緒如潮，Momo 用文字邀請十七歲的自己涉水而來──那時在中學成績前茅，考進理想大學，到政大當交換生，年紀輕輕得到文學大獎，轉戰娛樂圈便馬上拿到 TVB 的合約，但現在二十八歲，工作朝不保夕。還要堅持嗎？還要堅持在最疲憊的時候，繼續澆灌兩棵叫做「演技」和「寫作」的 樹苗嗎？最後她決然對樹洞說：「我相信文學來源於生活的痛苦，是苦難中的花。而我也發現，愈來愈少的人願意去閱讀那樣的作品……但對自己守信，也是一種任性。」

Momo 一身才情的任性，在這本輕盈的柏拉圖對話錄裡，炫麗耀眼。「看著滿大街年輕人們都在看一分鐘短視頻，被逗得哈哈大笑，我覺得

無力。短而快樂的視頻我也喜歡看，但我知道那是脆而好味的薯片，吃完沒有營養，亦只會愈來愈熱氣。」多麼精準的文字！

初閱《布拉格廣場沒有許願池》，本以為這是一本明星的旅遊書，但細讀幾頁，便會充滿驚喜！這是一本文字密度很高的文學散文，這是趟不斷叩問生命的記憶之旅。

布拉格廣場是記憶的罅隙，兩位女作家，用旅行的姿態，在此撩撥時間的線團，總能找到最痛的線頭，去穿織過去的傷口。

●

「後來，每當我想哭的時候，就會從母親的針線盒內取出一根銀針，在白色的牆壁上，刻下一個『一』。很久很久以後，父親無意中發現牆壁上被刻劃了很多個『正』字，他要求當事人出來自首，但我不敢，怕在受質問的時候，被發現了內心的秘密。父親見沒人自首，於是便讓媽媽拿出藤條，三個一起打……」

自小覺得被忽略、缺乏愛，常常在夢中哭醒的夏雪，不斷在布拉格的尖塔間尋找風的秩序，在白鹿城堡迴旋往事，試著用公主的裙襬抖落成長的自卑，最後她看見布拉格、香港與臺中的雲，一起併肩坐下，下了一盤和棋。

「席間，我父親倒了很多酒也喝了很多酒，喝到一半時他忽然很鄭重

地握住蔡先生的手，說：『如果哪天你不喜歡我女兒了，請不要欺負她，把她還我就可以了。』」

　　讀到這裡，很難不讓人鼻頭一緊。我想到第二次在臺中與夏雪對坐，她拿出喜餅：「我結婚了，以後跟先生住臺中。還有，我要出新書了，與一位很美麗的香港演員吳沚默（Momo）共寫。她很會寫。」看完這書，才知道她在當明星之前，原來得過香港青年文學獎冠軍，還編了八年劇，兼職香港《東周刊》專欄作家。

　　Momo 一直覺得「只有不停拍戲，才有安全感」，所以一直沒有機會去歐洲旅行，在演藝生涯的停滯期，終於放下寫一半的小說、賣不出去的劇本，與夏雪一起飛到捷克。當看著只在電影裡出現的城堡，Momo 興奮之時，卻突然心酸：「你怎麼現在才來？」

　　是啊！你怎麼現在才來？青春已過了一半，你怎麼現在才來？

　　Momo 替我們覺悟，原來生命的計量單位不應該是「Year」，而應該是「Moment」，是那些閃閃發光的「當下」，組成了我們每個人獨一無二的人生。

　　●

　　《布拉格廣場沒有許願池》的字裡行間，遍布兩位才女精彩的Moment。她們尋找卡夫卡，最後終於意識到──我們去找尋卡夫卡，

其實根本不是在追求快樂，而是在追問自己——不斷地追問，追問幸運是否仍站在努力的一邊？

敬邀讀者翻開《布拉格廣場沒有許願池》，像是打開美麗的樹洞，你會聽見智慧：「我們唯一能夠逃避的，就是逃避本身。」你會聽到勇敢：「當你覺得吃力時，正是因為你在走上坡。」

在人間疫期，當你發現自己與世界正吃力地向前時，打開《布拉格廣場沒有許願池》，你會睇見青春靜靜的換季，你會發現生命正走在上坡，然後，你又有了出發的勇氣。是的，你又重新「在路上」了！

如夢 ▎ 感謝那些傷害,我們已能看見最好的風景

歸途 ▍ 但願我們永遠是敢於離家出走的少年

啟程 ▌ 喂，我們一起去捷克吧

初遇夏雪
Momo

認識夏雪那年，我好像剛剛入行做藝人。

那年開始，在 TVB（香港無線廣播電視臺）的各種工作很繁忙，對新人來說，什麼工作都不能推，就算是做路人甲乙丙丁，叫到你就得乖乖出現。我是藝員訓練班出身，那段時間，我生活的全部內容好像就只剩下電視臺、拍戲、學習表演……

那段日子，雖然充滿出道的希望，但又非常焦慮，每一天對我來說都是新的挑戰，很多緊張，很多 NG，很多大小潛規則（不是「那種」潛規則啦）需要應付。我的性格並不是很會 social，許多時候和公司導演監製打完招呼後，就靜靜地在拍攝現場等待。當然，其實電視臺的工作人員都挺好的，他們也不會逼你去活絡氣氛或是看你安靜就不理你。

我在這樣陌生又高壓的環境裡努力生活著，不工作的時候就待在自己的小小租屋裡，看電影看書，生活幾乎和外界脫節。

那天訓練班同學叫我一起去看香港作家深雪小姐的舞臺劇，這對我來說是難得的娛樂項目。我們幾個新進藝人一到會場就不停被拉著拍照，雖然其實大家也不知道我們是誰……拍完照，記者就突然好像對你完全失去興趣一樣，散去找下一個人，我被留在原地，傻傻地不知道該做什麼好。這時，一個電視臺的收音師朋友帶著一個斯文秀氣的長髮女孩走過來和我打招呼，我奇怪她竟然知道我的名字，也對她的親切和主動很

有好感，她告訴我她叫夏雪。

　　咦，我記得她！因為在臉書上有個電視臺的監製邀請我加入一個群組，叫做「無聊學夏雪」，這真的是一個很無聊的群組，有些照片學夏雪托腮、發呆的動作，反正就是一個莫名其妙。我當時在想這個女生是誰？這堆人真的無聊到學她幹麼。

　　原來就是你！我脫口而出，順便做出一個托腮動作，她大笑起來，我發現她大笑也不太露齒，雖然眼睛已經笑得不見了。「對啊，是我，就是有個朋友幫我開的主頁⋯⋯是不是很無聊？」

　　是啊！我老老實實說，說完就有點後悔，剛剛認識就把真實想法說出來，可能又說錯話了。誰知她非但沒有生氣，反而笑得更加大聲：「是啊！真的很無聊！我下次把那個監製朋友介紹給你，他是拍 MV 的，他也很有趣呢。」

　　在我生活中，其實真的很少遇到這麼開朗活潑的女生了，娛樂圈的女生們雖然大都很好相處，但大家難免有些互相之間的競爭，只有長時間才能建立朋友關係，難以立刻就熟絡起來。但夏雪的性格真的很好，加上當我得知她是一位作家時，我們剛好氣味相投，並且發現當時的住所很近，就立刻交換了聯絡方式，約定在家附近的商場吃飯。

　　再次見面那日，夏雪告訴我，她可能很快就要離開香港了，打算一個人去臺灣旅居寫作。

　　「什麼？我剛剛認識你，你就要走了？」

　　「那你下次來臺灣玩啊，住我到時候的出租屋就好！」她說。

　　那日分別後，我加了她的臉書，發現她在網路上和現實中好像有點不一樣。

　　網路平臺上的她，就像一個可愛的小女孩，每天分享著發生了什麼事，要是遇見了不開心的事情，就會直接囉囉嗦嗦地完全寫出來。但現實生活中她卻斯文得多，什麼都是「好啊，我沒關係」、「你決定就好」掛在嘴邊。而我，看起來比較強勢，其實內心卻是個沒什麼主見的人。所以我們剛認識的時候，每當聊起天來，根本就是輕聲細語，溫柔得有點「假」。

　　可能，現在社會女生之間的友情，多多少少還是帶著一點自我保護的心態吧，所以我們一開始並沒有很熟。

　　不過，她卻讓我留下深刻的印象，一個人放棄香港的所有，跑去花蓮。沒有朋友、沒有穩定收入，租了一間兩房單位（當然租金是比香港便宜多了），每天就是這樣沒有安全感地生活著，有時候寫作，有時候見朋友，有時候去海邊散步。我聽著她對未來的規劃（就是根本沒有規劃吧！），深深被她眼睛裡的光吸引了，那光芒叫做勇氣。

　　她沒有食言，很快就搬離了香港，再一次見她，已經是幾年之後。

　　這幾年的時間裡，我開始在香港交了很多朋友，也漸漸變得不那麼容易緊張。但仍然埋頭在自己的世界裡，幕前、幕後的工作，一個一個 project 這樣做下來，忙得不可開交。我知道，我不是一個很幸運的人，所有的一切都要靠自己努力爭取。但，我又算是幸運，因為總有人會欣賞我，願意在迷茫時給我機會。這樣大概也算是幸運的吧？

「愛笑的女孩，運氣不會太差。」有一天我想起這句著名的話，不知道為什麼就想起很久沒見面的夏雪。記憶中她總是笑臉盈盈，不知道她在花蓮生活得好嗎？

初遇 Momo
夏雪

「你就是 Momo ？我知道你，能演能寫的才女。」

　　每每去到陌生場合，我都是安靜站在角落默默觀察人群，絕不會率先開啟話題。這是我從小的習慣了，小時候，每次外出我都會躲在姐姐身後，只有在熟悉了環境，又或者姐姐的朋友先來跟我說話，率先感受到對方的善意，才會開始慢慢打開自己。那晚偶遇 Momo，會主動走上去跟對方打開話匣子，這實在是絕無僅有的一次，我把原因歸根為 Momo 與生俱來的親和力。

　　我跟收音師朋友 Alan 一起到劇院接他公司的同事吃宵夜，遠遠在人群之中，便從裡面發現了 Momo。她不是那個能演能寫的編劇嗎？竟然也在這裡。我這麼想著，心中難免驚奇。

　　我一向喜歡跟從事寫作的人交朋友，這樣便不會缺少共同的話題，Momo 不僅僅寫文章，也寫劇本，這是我所接觸不深的領域，我想要認識她，向她討教編寫劇本的小祕訣，想著若以後有機會接觸這個領域了，起碼也已經有所了解和準備。但這還是不夠，我心中依然擔心，貿然上去打招呼，對方不會覺得我很奇怪嗎？她是演員耶，誰知道她會怎麼看待我。

　　幾年前在朋友的生日會認識了透過參加香港小姐而進入演藝圈的女友

人，碰上她剛好失戀，於是陪她聊了一個晚上。之後我們一起看了一場電影，散場後，手挽著手，講了很多心裡話。後來她認識了現在的先生，成為了八卦雜誌口中的名媛太太，我便慢慢不敢找她。她夫家在香港有一定的地位，家庭條件優渥，每次舉辦聚餐或活動，只要是女性朋友都不用花一分一毫，慢慢地，她身邊開始出現很多奉承她的新朋友。向來自卑的我，怕被誤會跟她交好是為了占她的便宜，於是慢慢便不敢找她，彼此的往來終究慢慢斷掉了。

我是個天性敏感的人，時常會多想，怕被別人誤會，也怕被拒絕。我心裡也知道，有時候會因為想得太多，反倒造成反效果，這不是個好習慣，但認清它容易，克服它卻又何其困難。當我主動上前和 Momo 搭話時，天知道我究竟鼓起了多大的勇氣。

幸運地是我上前去了，也許因為大家都是寫字的人，又或許因為她看上去落落大方的氣質，當我愈來愈接近她的時候，愈是有信心對方不會把我當成攀爬關係的路人。我主動向 Momo 表達善意，她也親和無比，沒有半點架子，笑起來露出一排大小相同的潔白牙齒，月牙般彎彎的笑眼和親切的笑容。

她很謙虛地對我說：「聽說你是個作家，我一直想出書，也想有一天能像你一樣出版自己的作品呢！」

沒想到寫了幾部話題之作的 Momo 竟然會羨慕我有出版的經驗，而且很坦誠地直接把內心的想法告訴我。我以為所有藝人都會對其他人有所防備，因為要保護自己的事業、保護自己的形象，至少剛認識的時候是

這樣。

　　我們相約出來交流寫作，一開始我以為她只是說說而已，因為「得閒飲茶」是香港人的口頭禪，只是一種不知該講什麼而硬擠出來的客套話。

　　見面後，我們談寫作，談村上春樹談昆德拉，也談卡夫卡，或許大家都屬於慢熱的人，彼此並沒有因此快速熟稔起來，約過一次之後，我們便開始各自忙碌。

　　沒多久，我就準備起程去臺灣。我說我要去那個荷蘭人眼中驚豔不已的婆娑之島「福爾摩沙」，在那裡我會有屬於自己的空間，再沒有人在我書寫的時候讓我做這個做那個。我住在臺灣的後花園，那是一個美麗又具有人情味的城市，有綠山有藍天也有無盡的大海。我說如果你有來臺灣，請務必要來我家小住，我們一起寫故事，互相督促，互相鼓勵，互相打氣。我們的友誼，是在我移居臺灣，從她來我家小住之後才真正開始。

　　居於香港的時候，我們都住在鄰近電視城的將軍澳，我與她的距離，只是相隔一條沿海的跑道。之後我回香港，問她要不要出來見面，我們一起吃飯，一起喝咖啡，像「街童」一樣坐在百貨公司對外的花園平臺互相分享各自的祕密。我們的友情，就在每次見面的隙縫裡面，慢慢一點一滴地建立起來。

　　演員這個職業十分被動，沒人找的時候就只能拿著微薄的低薪過活，如今正值影視業寒冬，不知道她過得好不好呢？

布拉格廣場
沒有許願池

逃避之旅

Momo

　　決定去布拉格，是因為一張便宜機票、一段無奈的假期。

　　身為女演員，當然希望自己能在「黃金年齡」階段盡可能地多拍戲，就像楊冪曾經在訪談裡說過「只有不停拍戲，才讓我有安全感」。現在的她，大概終於有了足夠的安全感吧。

　　而我，還在演藝路上苦苦掙扎。

　　說是苦苦掙扎，其實一點也不誇張，這兩年影視市場萎縮，牽連到我們這些小小電視演員也只能靠天食飯。珍惜每一場拍攝機會，珍惜每一個小角色，是我身為演員的自覺，也是對表演這個專業的尊重。

　　而苦苦堅持，只能說是對自己的守信，也是一種任性。

　　其實難聽話真的聽了不少，人情冷暖也經歷了不少，要是一一現於紙上，只能說看起來像個無用的怨婦。曾經在中學、大學都是成績名列前茅，又年紀輕輕得文學獎，想轉戰娛樂圈便直接入大臺得到簽約的女孩，現在人到二十八歲，面對朝不保夕的工作與生活，任誰也會苦笑吧。

　　從大學畢業到現在從來沒有用過父母一分錢，這並不是什麼特別難事，只是我認為既然選擇了任性地追夢，就不要讓別人來承擔這任性。所以，即使最艱難的時候，我也咬緊牙關，相信幸運會站在努力的這一邊。

　　只是，寒冬面前，人人都只能抱緊自己。

　　這是我第六個月幾乎都沒有接到有對白的角色了，這對演員來說是一

件可怕的事。你在鏡頭前，卻開不了口，永遠只能看著別人演戲，自己做反應。你精心梳化，熟讀劇本，最後卻只是站在那裡，被納入背景。

我經歷著可怕的停滯，我對自己說：「哪怕一場戲都好，只要有對白。」「哪怕一點點都好，只要有角色。」一直反覆地這樣告訴自己，最後一次又一次失望。

就這樣，然後突然面臨了一個月的空白。這大半年來，從沒有大角色，到沒有角色，到沒有對白，現在你被告知接下來的一個月，你根本沒有工作。

我沒有很吃驚，似乎已經接受了。

然後我很慶幸我的第一反應是：我不能讓這時間浪費。

我對自己說：對，我仍然是一個藝術家，需要找尋靈感，而進入社會的過去幾年，幾乎沒有超過十日的假期，也沒有多餘的閒錢，所以一直沒有機會去歐洲旅行。

但，即使衝動如此，準備時間、金錢、旅伴、安全，都是我要考慮的問題。

我要感謝曾經和我在《同班同學》電影中一起工作的陸以心導演，當她看到我在 FB po 出的狀態後，第一時間發短信給我：「去啊！傻瓜，快出發啊，想那麼多做什麼？」

好吧，那我立刻去問，有人和我一起去嗎？

沒有任何反應。這世界上人人都在忙，不會有我這種令人抓狂的空閒。

好在夏雪告訴我，她可以試一試和我一起去，我知道她有她的難處，

但，她願意試一試。然後她鼓勵我：Momo，不如我們一起寫一本遊記吧。

她鼓勵我把一次旅行當成一項工作。

我卻說：好吧，我考慮考慮。其實一直以來，我都在進行以嚴肅之心為起點的小說創作，我相信文學來源於生活的痛苦，是苦難中的花。而我也發現，愈來愈少的人願意去閱讀那樣的作品。

我不想放棄，因為我知道眾生皆苦，大家需要甜美，但也總歸需要向死而生的力量。所以一直咬牙在我信念的創作方向前行。

結果夏雪繼續說服我，是她的說服，提醒我放慢腳步，去把漫遊當作工作，把工作當作漫遊。

好吧，我們這兩個不算青春的女子，便一起去漫遊吧。先放下我的小說、我平凡的演藝生涯、我賣不出去的劇本……

此時，布拉格正是初春。

去捷克寫一本書

夏雪

　　好久以前萌生過寫旅遊散文的想法，那是在我移居臺灣之後的事情。寫一本移居臺灣的書籍，和有意移民臺灣的讀者分享移居所遇到的困難以及樂趣，給他們講講移居帶給我的好和壞，講講遠離家人、遠離朋友，到一個陌生環境重新開始所獲得的力量和看法等等。生活在他方，從來不是一件輕而易舉的事。

　　當我們躲在父母的保護傘裡面，每個月只需要定時給付爸媽家用，便已經算盡了責任，生活上遇到的其他問題，根本不需要我們操心煩惱。只有親自面對柴米油鹽，才會體會到父母面對生活時所帶來的壓力，彷彿要經歷過生活的捉襟見肘，才能感受得到社會的脈動。

　　當日，我帶著夢想而離家，去了一個完全陌生且沒有親朋戚友的福爾摩沙。義無反顧地放下一切，離開原生家庭，離開戀人，離開自己成長的地方，飛到七百八十六公里以外的花蓮。既沒有財力背景，也沒有靠山，就那樣在一個陌生的地方，租了一個在別人看起來只是個小房子，在我眼裡卻是整個宇宙的「家」，在那片完完全全屬於自己的空間，繼續實踐自己的夢想。從謀生到尋夢，偏安一隅，沒有太大野心，只為尋求歲月靜好、現世安穩的可能性，也為立身的土地負責，努力融入為其中一分子，想想自己可以如何貢獻這片土地。

　　自從有了自己的空間，我經常書寫到半夜，偶爾寫到清晨，雖然很累，

但卻很享受。我很感激自己做了這個在別人看來很不容易的決定，因為它終於使我親自踏上了自己想過的人生。

算起來，從事職業寫作至今，已經八個年頭了，受個人和一些外部因素的影響，我開始踏入停滯期。目前而言，我已經接近四個月沒有接到新案子了。每一次在小 7 領香港戶頭的存款時，都讓我肉顫心驚，不知道什麼時候裡面的錢會被我領光，領光之後，我又該何去何從。當我失落地走到七星潭時，那莫名湧現的孤寂與徬徨，令我開始懷疑自己的堅持，到底是不是也需要一個限期。

真正的生活在他方，就不是無憂的烏托邦。只是，要讓好強的我承認失敗，卻也勢如登天。

二十二歲轉型為職業寫作者，從那時候開始展開了「賣文為生」的生涯。我算很幸運，熬了大概兩年就接到首份有稿費的工作，後來陸續接到報紙專欄、出版社的邀約、廠商合作跟劇本編寫，有時候甚至還會收到公關品。雖不能令我致富，但跟其他寫作者相比，我時常提醒自己要感恩。每當我快將把積蓄用盡的時候，這些稿費和版稅，總能夠成為及時雨，讓我繼續有能力補貼家用。

比起才華，或許我會把目前所擁有的絕大多數歸功於運氣。像聽到我的禱告似的，每當我開始為未來感到憂心的時候，上天總會為我打開一扇窗，有時候是接到廠商的邀約，有時候是一份寫作合約。無可否認，我是幸運的，至少我戶頭沒跌到兩位數過，至少我還有地瓜跟泡麵可以

吃。因為這些，我內心的小小夢想才不至於悲慘地落地，摔個稀碎。

　　但單靠運氣來經營人生是不足夠的。每日處於巨大壓力下，令我出現免疫力失調，只要一焦慮，全身就會痕癢難耐，輾轉反側，夜不能寐。

　　過去一年多，每天獨自和蕁麻疹奮鬥的日子，便是首當其衝的困境。那段日子，只要一接觸到灰塵，就會全身發癢，包括頭皮、腳底和手指頭。如果過敏源是花生是海鮮是寵物的毛髮，那我不吃花生、海鮮，跟貓貓狗狗保持距離就行了，但要遠離無處不在的灰塵，這對我的生活造成很大的困擾。

　　無論掃地擦東西，拆窗簾，洗流理臺還是洗浴缸，都必須要穿長袖，再戴上口罩手套全副武裝，否則只要一接觸到灰塵，身體就會開始發癢。手一抓，手臂大腿就會出現一條又一條微微凸起來的刮痕，又紅又癢。除了擦類固醇或者吃抗組織胺來把過敏壓下去，我苦無對策。

　　但我總不可能一輩子抱著抗組織胺來過日子吧，所以我想盡辦法幫自己減壓，也拚命想辦法賺錢；或許有了穩定的收入之後，人就沒那麼容易焦慮，蕁麻疹就能夠得到緩和。

　　白天，黑夜，黑夜，白天，日子從指縫間溜過去，轉眼來到了三十歲。想像中的三十歲，聽起來像個大人，可能真的比較成熟了，更有能力去處理跟面對很多狀況，但不見得會立即變成自己想要的樣子。我開始審視自己的人生，如果繼續堅持，我需要有什麼突破：結婚生小孩，轉型寫親子系列？鑽研食材，分享養生？順應潮流，轉型為 YouTuber？還是繼續原地踏步？

布拉格廣場
沒有許願池

　　那日我如常在家忙著家事，忽然收到 Momo 的訊息，她說四月有整整
一個月的假期，想計劃來一趟歐遊，問我要不要一起出發。當時我剛認
識一個在日本料理店當主廚的男生，我們約好要往結婚的目標前進，所
以我猶豫了，因為不想隨便亂花錢。

　　為期十天的歐遊，到底去，還是不去？

　　忽然，有一道聲音叫我不要錯過這段旅程。我不知道是來自我內心的
聲音還是幻聽，但我想起曾經想寫一本旅遊散文，或許現在正是一個合
適的時機。

　　於是我回覆 Momo：「我們出發吧，去捷克寫一本書。」

獨自和雙人旅行

Momo

經過二十多小時的飛行和轉機，我們在凌晨下了飛機，寒冷的空氣立刻把熱情澆滅一大半。

手機天氣預報說的「白日天晴」，根本是假的！刺骨寒風裡，我們拖著巨大的行李箱，裡面裝滿了薄薄春裝。只好把所有能稱為外套的衣物都穿在身上，變身奇奇怪怪混搭風女遊客造型，狠狠地尋找陌生城市的第一個落腳點。

在前往旅館的車上看著外面的風景，心情卻立馬雀躍起來，這是歐洲啊，我一直幻想著能來旅行的地方，看著那些似乎只在電影裡出現的城堡景色，我興奮不已，興奮之中卻突然對自己有種心酸，不知為什麼，想對自己說：「你怎麼現在才來？」

是啊，怎麼現在才來，如果是在更年輕的時候，蹦蹦跳跳地擠火車地鐵，咬一份熱狗麵包，看地圖訂青年旅社，多麼快樂。

於是突然想起，自己也曾有過這樣的旅行。大學暑假，獨自去西藏。一個人去搭青藏鐵路，在白天看著車窗外飄起飛雪，看見白馬在湖邊奔跑，夜晚看見被月光鋪滿的戈壁灘……十年的時光好像一下子就過去了。

進入社會的數年，早讓我忘記了獨自旅行的滋味。每一次出國幾乎都是為了工作，或是與異地戀的男友見面，像是一種維繫感情的無奈之舉。

此時，身旁的夏雪也默不作聲地看著手機，她也有很多人要報平安。

我們每個人在植根於人世的同時，也背負了許多牽掛。我懂。

從什麼時候開始，做每一件事情都變得必須有意義：為了工作而出差、為了陪伴家人一起旅行、為了充電、為了更好地前行……我們已經很久沒有去做一些「無意義」的事了。

我有點想放棄箱子裡滿滿借來的贊助商新衫，也有點想放棄之前信誓旦旦地說要用文字書寫一段旅程。窗外太冷，也太精彩，我終於意識到，我又重新「在路上」了。

超越預期的寒冷並不是唯一挑戰，接下來入住預約的民宿也比想像中複雜：「先到大門口找到密碼盒子輸入密碼，拿到大門鑰匙，然後開門，放回鑰匙，再上樓到房間門口找到密碼盒，拿到另一把鑰匙……」這是民宿主人的指示，我和夏雪扛著巨大的行李箱爬上兩層樓，像玩解謎遊戲一般上躥下跳，一度認為自己是被 Airbnb 玩弄了。

直到終於打開房間的那一刻，看著清晨第一縷陽光灑進白色窗簾，和網站照片一樣漂亮整潔的房間就在眼前，我們兩個就快三十歲的女性激動得跳起來！

一直以來，都很喜歡在 Airbnb 選擇房間的過程，即使沒有出去旅行，也喜歡隨意搜索一個城市，然後瀏覽裡面的房間，想像那個城市的樣子。對我來說，這是最好的認識一座城市的方式，為了分辨房子地點是否方便，必須花時間看看城市地圖、公共運輸圖，無形之間也為旅行做了功課。而且，我超喜歡逛超市，看見特別的食材，會很想有個廚房鍋子煮

來吃一吃。民宿雖然大都沒有早餐，但自己張羅早餐也是一件開心事。

　　當我們把行李攤開來，我才發現，我和夏雪真的是兩種人類。她行李箱什麼都有：吹風機、洗牙機、琳瑯滿目的保養品、用來配衣服的高跟鞋、高跟靴、兩雙拖鞋、一大包專用面紙、兩大包的衛生棉（其實根本不是時候，她只是以防萬一……），甚至還有超強效衛生褲！

　　「難怪你去程飛機就差點超重！」我苦笑著對她說，這次要不是打算拍照，我可以直接拎一個登機箱，連托運都不用呢！我驕傲地說（是在驕傲什麼）。

　　夏雪甩甩她漂亮的長髮笑笑說：哎呀，我需要用嘛。

　　天哪，我反省，我真的是一個女演員嗎？為什麼比起她，我活得那麼粗糙！而就在我還沒反省完之時，我發現夏雪的行李已經擺滿了睡房地板……

　　「斷捨離！」我對她說。

　　她埋頭整理，沒有搭理我。

　　我已經開始想像怎麼等她洗澡、怎麼等她出門的畫面，猛然意識到，這不就是男友視角嗎？獨自旅行有獨自旅行的難處，兩人旅行也有兩人旅行的不便，尤其女生之間。

　　我是獨生子女，從小到大習慣了自我為中心，長大後與朋友合租住房，也盡量把距離保持在一定程度，避免過多交心，以免影響到自己的生活空間。一直以來，我都認為這樣沒有問題，尤其做了演藝這一行，更是把自己保護起來，不輕易顯露情緒，不隨意做出判斷，時刻保持禮貌得

體的態度。

　　其實，我也不是那麼好相處的人啦。我自己心裡知道，我性子急，壓力一大就會暴走，早上有起床氣……啊，這一切可千萬別讓夏雪發現才好。

　　我輕輕繞開夏雪散亂一地的雜物，暗暗決定這十幾日要做個好相處的乖寶寶。

　　「十點鐘我們出門哦～～」但我終於還是忍不住定了出門的「通告時間」。

　　夏雪在一堆行李中「哦」了一聲，一點沒有料到距離十點只剩下二十分鐘而已。我決定先洗澡洗頭，再吹頭化妝。要知道，二十分鐘我絕對做得到！

　　此時，布拉格早晨的陽光照進房間，原本乾淨整潔的房間，瞬間被兩個女生忙碌的蹤跡所堆滿……

洋房給我咬一口

夏雪

　　到底是要配合對方，還是堅持自己呢？

　　出發之前，我們討論到底要往西還是往東走。Momo 首先提議在布拉格停留三天，然後再去 Český Krumlov（下稱 CK 小鎮），她說 CK 小鎮美得就像真實版的童話世界，那是屬於女孩們的夢想，在我們的一生中，總要親身去看一眼。

　　我上網搜了 CK 的照片，發現 Momo 所言非虛。如果小時候的你曾經有過公主夢，你定不能錯過這個現實中的童話小鎮，去演一回真人版的愛麗絲夢遊仙境。

　　除了布拉格，我還想去德國二戰遺址參觀昔日的猶太人集中營，去柏林的歐洲被害猶太人紀念碑（亦稱為浩劫紀念碑），憑弔那些被德國納粹分子迫害致死的無辜者。Momo 聽後搖搖頭，她說去完 CK 順道去維也納或者布達佩斯，如果再繞去德國，行程就會浪費大半的時間都在交通上。

　　起初內心有點不情願。明明我也花了錢，甚至為了要一起出發，放棄了更便宜又比較快到的荷蘭皇家航空，為什麼我不能去自己想去的地方呢？我有點小情緒，於是沉默了。

　　從冰箱拿出冷藏過的凍頂烏龍茶，然後回到沙發，把玩了一會兒手機又放了下來，把上半身俯伏在餐桌上，又玩了一會兒桌上的遙控器，忽

然像想起什麼似的，拿起手機，打開了 Google Maps，搜了 Momo 提出的動線，思忖片刻，然後給 Momo 回了一則訊息：「好，就依你的路線走。」

曾經看過一句話，「如果你想跟一個朋友絕交，就一起去旅行吧！」旅行，是脫離現在的生活環境，到一個陌生的地方，在陌生的國度，你們沒有朋友，沒有熟悉的景物，雖充滿新奇，也充滿不安。同行的朋友，可能是唯一可以溝通又熟悉的人。而兩個人整天膩在一起，一起搭車，一起吃飯，一起冒險，一起建立回憶，但不同的作息時間，不同的生活習慣，不同的個性，連日的相處，也可能會產生許多摩擦，但只要能多一分感恩、多一分包容和體諒，便能減少許多不必要的衝突。

兩個人一起旅行，總需要有一個人妥協，於是我選擇了當妥協的那一個。後來幾經商討，我們決定花十天好好了解捷克。與其走馬看花，貪婪地走訪多個國家，不如多花一些時間，好好去了解一個國家的文化和歷史。

記得之前從法國入境英國時，差點被拒絕入境。除了職業證明，還被要求交出薪資證明或銀行存款紀錄，甚至是回程機票。和英國駐法國海關相比，布拉格可以說得上是暢通無阻。

離開機場後上了 Uber，順利來到布拉格的民宿。沿路我們途經查理大橋，眺望布拉格城堡，第一次到訪歐洲的 Momo 十分雀躍，不住地問我，又不停反問自己，到底是不是真的已經身處歐洲。

回想兩年前第一次獨遊英國的情境，為了體驗當地人的生活，也為了

省錢，我吃力地推著兩個行李箱上了機場列車。十二個半小時的航程非但沒有澆熄我對英國的渴望，一上列車，便迫不及待地消化眼前所見到的一事一物。

有車上讀報的英國人，有對我投放好奇目光的外國人，有車窗外過往只在英劇上看過的街道和英式小別墅。這對於當時的我都是既新鮮又振奮，一切是那麼的不真實，就像眼前是你深愛的伴侶，當言語已經無法精準地表達你對對方的愛意時，當身體的結合都不足夠傳達你對對方的思念時，就會萌生一種想要把對方吞進肚子裡的想法。那一間間小小洋房，看著就好想咬一口，好實實在在地驗證眼前的這一切都是真真實實的存在。

國一的時候讀了哈利波特，那時候電影還沒公映，卻已經被 J.K. 羅琳筆下的世界所吸引，她給了我一個奇幻的故事，也給我帶來一份對倫敦的幻想與期待。我甚至為了一本童書，立志長大後要去英國留學。當然，最後礙於現實的問題，直到目前為止還沒有實現。

Momo 望著眼前冷靜的我，問我是不是已經對歐洲沒有半點興奮，我說不是，只是第一次的悸動永遠只有一次。

我很高興見到對眼前一景一物感到興奮雀躍的她，也衷心希望她能把這股熱情一直延續，讓這趟旅程，成為她人生中一段美好的回憶。

出走，看似是逃避生活，實際上卻是為自己尋找一條新的出路。你以為離開是種逃避，其實不然，就如卡夫卡所說：「我們唯一能夠逃避的就是逃避本身。」

夜之安魂曲
Momo

夏雪這位看似強壯的女孩，來捷克第一天就感冒了！

可能也是之前積下來的病狀，加上長途飛行和上午在城市中的瘋狂暴走，下午我們倆走到城堡區的古舊小城區時，我看她神情有些疲憊，也有點心不在焉。

「怎麼了？不舒服嗎？」

她沒說話，無奈地看了一眼長靴。當時，我的第一反應就是：啊啊啊啊啊啊！為什麼出來旅行要穿不好走路的長靴！！

雖然好不容易來到這片漂亮的古城區，我很想繼續逛逛，可看見她可憐兮兮的樣子，只好立馬 call 了 Uber 回民宿休息。一回到房間，她就暈暈沉沉地倒在床上睡著了。

看來也許不關長靴事，可能是真的病了。

我百無聊賴地在客廳擺弄著相機、給手機充電、查餐廳資料，我們的旅行真的是說走就走，根本沒有定行程，下一頓吃什麼也不知道。因為中午吃了好吃的義大利麵，當然會期待晚餐。可是天色漸暗，房間裡的夏雪卻睡得完全失去意識，她那隔著房間都聽得到的舒服的呼吸聲（絕不是鼻鼾聲！嗯），讓我的眼前世界也變得愈來愈模糊，愈來愈迷茫……

等我們兩個一覺醒來，天色已經完完全全黑了！

我們慌忙起床，換衣服，兩個女人在出門前看了眼鏡子，竟然還不由

自主地站在那裡整理了幾分鐘妝容，最後我先從我們兩人的美貌中驚醒過來，喂，要出門吃飯了啦！

匆匆忙忙下了樓，卻發現入夜後的街區，就好像，就好像……死城一樣。氣溫驟降十度，空氣冰冷，我回頭看夏雪，她早就用圍巾把自己的整顆腦袋包了起來。走了幾條街，發現所有餐廳早就關門，喂！現在只是九點而已耶。最後我們好不容易在街角找到一間半掩著門的小酒館，旁邊的告示牌用英文寫著「我們有好吃的雞翅哦」，哇！好吃的雞翅！我們開心地衝進去。

迎面走來一個帥帥高高的金髮侍應，一切看起來多麼美好，可惜，帥帥侍應並沒有對我們展露一絲笑容，他只是冷冷告訴我，對不起，餐廳被包場了，然後轉身，留下一個冷漠的翹屁股（？）。

結果我們又被趕回那條冷冷的街，夏雪跟在我身後搖搖晃晃地走著，好像南極沒有食物的小企鵝，又餓又慘。又走了兩個街口還是沒有找到開門的餐廳之後，我對她說，回去吧。

再不回去就要冷死了。

兩個小可憐打道回府，沒想到來到歐洲的第一夜，就讓我無比掛念香港，我好懷念夜晚開到凌晨的茶餐廳、車仔麵，就算是一間二十四小時便利店的辣魚蛋、豉油燒賣也是人間美味啊！當然臺灣的夜晚更美味更邪惡，不行了，不能再想了。

回到民宿，我們立刻癱倒在沙發上，可怕的事情發生了：夏雪開始流鼻涕！想起剛才經過幾條街都沒有藥房，我很擔心，一邊讓她立刻去沖

熱水澡，一邊心想如何是好。

　　出門出得太急，沒有帶感冒藥，現在叫我去哪裡給她找藥啊！突然想起我每次感冒初期，只要瘋狂喝檸檬水補充維他命 C，好像就有可能緩和症狀，我立刻查找 Google 地圖，終於發現隔著三條街的小山下有間超市，十點才關門！眼看還有半小時，我決定立刻動身衝過去。

　　準備出門時，夏雪說什麼也不讓我一個人去，她把圍巾又裹得緊了些，拉著我說和我一起去。兩個女生就又衝出了街，跟著地圖往超市走，經過另一條街，街上暗暗的，幾乎沒有人……也不是沒人，而是有幾個高談闊論著的喝酒男子……我們嚇得想回頭，但想起超市就要關門，夏雪不能沒有檸檬，我們不能沒有食物，只好硬著頭皮，假裝若無其事地往前走。

　　經過那幾個男人身邊時，明顯感覺到他們的目光好奇地望向我們，說了幾句我們聽不懂的捷克語。我們嚇得拉起手，閉著眼睛快步走著。

　　還好，他們沒有要和我們深入聊天的意思，只是互相交談哄笑幾句而已，我和夏雪對望一眼，黑夜中她的眼睛在圍巾中驚恐地露出來，兩人手心都是汗。

　　經此一劫，我們終於找到了那間小超市，一看見燈光和人群，好像找到救星一樣，一頓大買特買：這個麵包看起來好吃！那個肉腸看起來不錯！還有各種奇怪的水果也給它買買買。結果最後買單竟然只是一百多港幣，不得不感嘆捷克物價水準確實不高。我們跑回民宿，把食物在餐桌上排開，感覺擁有了全世界。

　　那天像難民一樣的我們，吃了烤麵包、辣肉腸、草莓、樹莓……雖然食物簡單，但是飽足到想要哭出來。最後夏雪被我逼著吃了整整兩顆檸檬，感冒好像好多了……但不知道她的胃好不好？

　　在異國他鄉的黑夜，好像身邊人變成唯一的依靠。我們以為自己是孤島，以為自己酷酷的一個人最好，大概只是沒有經歷過真正的孤獨吧。其實我們渴望和他人聯結，渴望有互相守護的關係，就好像光明的存在是因為有黑暗。

　　布拉格的夜好靜好靜，路燈照進窗戶，旅途之中有這樣靜謐的夜晚，也許才是旅行的意義。

黑長靴的一點紅

夏雪

「啊，痛⋯⋯」

帶來這痛感的，是黑長靴裡，靠近鞋跟處在被摩擦後跟的一小塊皮膚，我雖然看不見它，但能感覺到它破了皮，正在滲血。

這是抵達捷克後的首日，我們放下行李，準備好好認識這個過往只從雜誌、電視、網路上看到過的捷克，迫不及待想要發掘這個城市除了別人口中介紹的另一面。

愛美的我穿了一雙過膝長靴，但靴上有個短跟，它一直在摩擦我的後跟，導致我好想回民宿更換球鞋。可是我們才出來幾個小時，Momo 也逛得正興起，實在不好意思在這時候提出這要求。

但腳踝傳來的刺痛令我開始有點無法忍受，終於忍不住輕聲跟 Momo 說，我腳有點痛。

一開始她有點疑惑，因為我的鞋跟並不高，對於做為一名藝人，長時間需要穿戴漂亮的她，這是一個非常舒適的高度。

但她似乎看出了我臉上的痛苦，伸手跟我要斜挎包。她拉開拉鍊，發現裡面有一瓶 1.03L 的 ZOJIRUSHI 保溫瓶，裝了補妝用品的化妝袋、放滿會員卡的 Cartier 紅色長形古董錢包和各種充電器。「原來你身上背了這麼多東西啊？」

我朝她露出一個尷尬的笑容。

「我們走這邊。」她隨即把我領到附近的教堂，叫我稍作休息。後來我才知道，原來她叫了 Uber 回民宿，把定位定在教堂。明明她年紀比我小，看不出來比我更果斷更獨立，而且還更會照顧別人，相對我，卻考慮得沒她那般周詳。

我們雖然擁有相同愛好、相同職業，但個性卻南轅北轍。在感情上，她果敢，敢愛敢恨，面對不合適的對象，會果斷地跟對方說再見。我軟弱，容易被情感勒索，比起自己的感受，我更害怕傷害到對方。害怕做壞人的我，在決策上總是優柔寡斷。

十幾年前的某個夏天，我在仙跡岩一邊喝著珍珠奶茶，一邊等以前在麥當勞當工讀生時認識的同事。同事比預期的時間晚到了十分鐘，坐下來之後，他喝完一杯又一杯的奶茶，卻依然遲遲不張口講話。

我開始坐不住了，決定打破僵局，「你找我有事嗎？」

「我……我喜歡你，你能當我女朋友嗎……？」

對方皮膚白嫩，身材高大，卻不是我喜歡的類型，面對突如其來的告白，我有點手足無措。

我從沒跟別人告白過，因為我害怕被拒絕，我甚至連跟喜歡的人搭訕也花了一年多的時間，才敢踏出人生第一步。一時之間，我不知道該如何拒絕他，因為我知道對方一定是鼓足了勇氣才約我出來告白。

我沒有回話，低著頭，眼淚滴滴答答地掉了下來。

「你不要哭……不要哭，我不要你當女朋友了，你不要哭了，這樣別

人會以為我欺負你。」

我用力把鼻水吸回去，足足有五分鐘，才止住了鼻水。

「唉……明明我才是告白失敗的人，難過的人是我才對啊……」

「對不起……」我低著頭，不敢去看對方。

一旦見到對方失望的表情，就會覺得像是自己做錯事，我讓別人失望了，這種感覺真的很糟糕。

我不擅長拒絕別人，也不喜歡令別人失望，但透過這趟旅程，我跟Momo 好像貼近了一些。

本來很擔心她不高興，花了三十個小時轉機又熬夜，好不容易終於抵達布拉格，才要開始認識這個城市，卻要對她說因為我穿了不合適的鞋，需要回民宿更換，實在太公主病了。但她似乎是個細心的女孩子，也許知道我不好意思開口，於是主動提出先回民宿休息，我當下是既感動又感激。

後來 Momo 跟我說，我應該在一開始感覺到痛的時候就要跟她講，如果因為她的緣故讓我一直苦撐，她會很過意不去。

就算是伴侶或者親人，當我們選擇把自己的感受披著藏著的時候，對方就算有心，也沒辦法每次都能夠用我們想要的方式來回應我們。只有開心見誠，才能夠打破彼此的隔閡，真建立默契，成為對方的心靈伴侶。

如果說人與人之間在剛認識的時候都相隔著很多扇門，那麼我們的旅程，就是把一扇又一扇阻隔我們的大門打開。

在卡夫卡生活的城市
Momo

我承認我是個文青。

文青在今時今日已經不算是褒義詞，反正就是有些年輕人不務正業，天天只是拿著微薄收入沉溺於幻想世界，也不知道繳不繳得起下個月房租，是這種感覺吧？

但是，看著滿大街年輕人們都在看一分鐘短視頻，被逗得哈哈大笑，我覺得無力。短而快樂的視頻我也喜歡看，但我知道那是脆而好味的薯片，吃完沒有營養，亦只會愈來愈熱氣。

我一直更相信文學的力量。

來捷克的其中一個原因，是卡夫卡。卡夫卡是捷克人。

對他的認識從小時候被老師要求讀《變形記》開始，只覺得這個作家想像力豐富，卻不知道他骨子裡的憤世嫉俗。長大後才慢慢理解，他是個永遠「生不逢時」的人。

「生不逢時」的意思是，他年紀輕輕便過世，他用德語寫作，作品在德據時期被禁，戰爭結束後由於當地人的反德情緒，對他的作品沒有興趣，後來到了布拉格共產主義時期，當地政府對他的作品更是頗有微詞。也許直到西歐和美國受到左派文化影響後湧入布拉格，捷克人才意識到卡夫卡對他們的意義所在——於是就成了這個城市的旅遊文化象徵。

多麼諷刺。

　　卡夫卡曾經看著布拉格的舊城廣場，感嘆道：「我這一生都被困在這個小圓圈裡。」今時今日，我們沒有戰爭，沒有太大的種族問題，亦隨時能飛去哪就飛去哪。

　　但我們都一樣，也是被困在小圓圈裡。大概這就是為什麼，年輕人比老人更愛卡夫卡，就連全盛時期的日本作家村上春樹，也有本著名的小說名叫《海邊的卡夫卡》，以前我讀這本書的時候根本沒有讀懂，後來勉勉強強把書中的「卡夫卡」理解為「必須要擊敗自己的一切才能成長的少年」。

　　當你成熟了，懂得了妥協，也就適應了小圈子的安逸。於是就會變成廣場上肥嘟嘟的鴿子，看起來自由自在，其實永遠飛不出這座城市。也許這樣會比卡夫卡的人生更快樂吧。

　　但「不去追求這種所謂的快樂」，可能就是真‧文青信奉的信條。

　　「這樣看來，我們去找尋卡夫卡，其實根本不是在追求快樂，而是在追問自己而已。」我和夏雪這樣解釋卡夫卡對自己的意義所在。但我們都明白，難得出來旅行，不想太過深刻抑鬱，於是我們決定，就這樣在舊城裡漫遊，不帶著目的，看看找不找得到一絲關於他的痕跡。

　　我們在剛剛結束二十個小時長途飛行後，沖了個熱水澡就踏上了舊城街道。

　　布拉格公共交通很方便，用 Uber 也很方便，兩個女生 share Uber 費用也非常划算。我們來到了卡夫卡以前常去的 Café Louvre（羅浮咖啡館），

就在新城熱鬧的民族大街上，這間著名的百年咖啡館因為卡夫卡的加持變得遊人如織。

當日天氣冷，我們也來得早，並不用等位就坐進了挑高梁、復古漂亮的餐廳裡。令人意外的是，這裡的食物價格非常合理，並沒有著名景點的漫天要價，我們肚子餓了，點了炸火雞柳和千層麵，還有這裡出名的熱可可。

食物素質非常不錯，也有很多當地人在此用餐，氣氛輕鬆，侍應很忙，態度卻仍然維持得不錯，唯獨那著名的熱可可實在甜膩得可怕（糖分能撫慰痛苦的作家們，一定是這樣）。

這是一間好餐廳，但，似乎一點也不卡夫卡。也許只是因為餐廳的歷史悠久，所以不可避免地被當時的布拉格大學學生卡夫卡所流連過。而今人人在此討論的，不再是艱澀的哲學問題。比如我們，就在討論旅行過程中的柴米油鹽。

但我們都很喜歡這種氛圍，如果是在某些旅遊城市，大概早就掛上大大的牌匾「卡夫卡專座，坐下用餐低消兩百元」一類的招徠。而現在這裡還保持著適當的煙火氣，充斥著交談、社交的氛圍，同時注重食物質量，又不收過高的服務費。

這種腳踏實地的感覺很美好。

卡夫卡，始終變成了過去。我們此行去找他，也只是為了路過，說一聲，hey，你好。

布拉格廣場沒有許願池

夏雪

　　不知道你被蔡依林和方文山騙了多久，布拉格黃昏的廣場根本沒有許願池。

　　蔡依林有首歌叫〈布拉格廣場〉，唱的就是布拉格舊城廣場。

　　我就站在布拉格黃昏的廣場　在許願池　投下了希望

　　那群白鴿背對著夕陽那畫面太美我不敢看

　　抵達布拉格後，我們發現這個城市很冷，冷到你根本哪裡都不想去，把帶血的長靴脫下來後，我擤了兩下鼻涕，Momo 即建議我們應該留在民宿補眠，傍晚再去舊城廣場許願。

　　但當我們去了蔡依林口中的舊城廣場，卻發現舊城廣場並沒有許願池，也沒有白鴿。

　　我望著本來應該放置許願池的位置，在那裡站了很久，想起之前帶母親去羅馬，母親在許願池許的一個願望。

　　我拉著母親，好不容易從堆滿遊客的人群擠到特雷維噴泉的前方，望著眼前傳說中的噴泉，來不及好好欣賞，便趕緊從口袋取出硬幣塞給母親，「你先將硬幣放在右手，然後背對許願池，再將硬幣從左肩往後扔進水池裡，這樣你許的願望就可以實現了。」母親遲疑了一下，有點笨

拙地做了一次我教她的許願動作，硬幣才一落地，我便拉著她逃出人群，因為當時人太多，我不好意思一直霸占著「海景第一排」。

我問母親許了什麼願望，母親說，她很抱歉沒有給我一個很棒的童年，但她希望這趟只有我們母女倆的旅程，能成為我們人生中其中一段深刻而美好的回憶，能夠多多少少彌補我童年那段孤獨的時光。

我鼻子一酸，眼淚差點就要掉下來，幸好我忍住了。在母親面前掉眼淚，我覺得很難為情。

有別於 Momo 是家中的獨女，我有一姐一弟。本來父母只想生一男一女，沒想到第二胎還是一個女孩，父母一度心灰意冷。在生弟弟以前，他們放棄過一個孩子。換言之，我是多餘的，起碼在我懂事以前，我是這麼想的。

那時候我覺得自己屬於被忽略的那個，母親覺得長女相對會比較懂事，所以但凡出席宴會或者聚餐，都會給姐姐換上漂亮的小禮服，然後派她做為我們家的小孩代表；因為弟弟年幼，如果出遠門只能帶一個孩子，母親會選擇為弟弟準備行李，因為他需要母親照看。

年幼的我，總認為自己被忽略，好像因為我不是長女，所以就會比較不懂事，因為年紀比弟弟大三歲，所以就比較不需要照顧。有好長一段時間，我每晚會做著同一個惡夢，夢見自己站在一個純白的空間，然後高處忽然掉下一粒糖果，我接下了，在夢中的我看起來很開心，後來又掉下了一粒糖果，我又去接，慢慢愈來愈多，一粒比一粒大，最後被巨

大的糖果，重重地壓在下面，然後我就哭醒了。母親曾經為此帶我去收驚，說我可能是看到不乾淨的東西，所以才會每晚做惡夢。

後來終於盼到輪到我去上學，可以用學業成績來吸引母親的注意力。國小一年級到三年級那段時間，我很努力讀書，就算姐姐邀請我跟她的朋友一起看電影，我仍然會把自己關在房間裡面讀書。我要考到一百分，就算最後只得到一句誇獎，也很希望母親能因此而多給我幾眼。

那段時期，我對自己很嚴謹，記得有次收到成績單，我忽然唏哩嘩啦地哭起來，老師問我發生什麼事情，我說：「還差兩分才有一百分。」

但不僅僅我書讀得好，姐姐也讀得好，甚至比我更好，所以這招根本沒用。有次我閉上眼睛，被忽略的種種開始在腦子裡閃現，忽然覺得自己在這個家庭，好像沒有存在的價值，更一度閃過「或許我是不是不應該出生」的念頭。當我意識到自己開始對未來失去希望的時候，我趕快把這個想法叫停，因為這是一個不太好的預兆，人如果一味地對生活質疑，只會增加無力感。

後來，每當我想哭的時候，就會從母親的針線盒內取出一根銀針，在純白的牆壁上，刻下一個「一」。很久很久以後，父親無意中發現牆壁上被刻劃了很多個「正」字，他要求當事人出來自首，但我不敢，怕在受質問的時候，被發現了內心的祕密。父親見沒人自首，於是便讓媽媽拿出藤條，三個一起打。

之後有好長一段時間，我都自動把自己的零食讓給姐姐跟弟弟，因為我要為自己的懦弱，補償無辜被打的姐姐和弟弟。

有時候我會想，如果懂事會換來被忽略，那我情願當不懂事的小孩。但萬一我真的是個不懂事的小孩，會不會連母親僅有的關注力都會失去？

許願池人多雜亂，還要小心提防扒手，但我依然喜歡許願池，因為硬幣代表著無數人的希望和夢想，我愛著帶給世人希望和夢想的許願池。

童年是孤單的，卻因為有了母親單純的心願，而彌補了童年時光的缺失。就像歷史是殘酷的，但或許是為了要美化歌曲的氛圍，也可能是讓歌曲擁有更好的韻腳，所以方文山拋棄了原本就在那兒的胡斯雕像，而選擇不存在卻帶著無數人的希望和夢想的許願池。

途中▍當我們說起波希米亞，
就注定把故鄉帶在身上

第 一 次 同 床 ？
Momo

剛來到布拉格，我們住的那間民宿睡房有著天藍色的牆壁、霧霾藍色的大床，很美，睡在裡面就像睡在海面上。

我和夏雪算是第一次一起長途旅行，也是第一次睡在同一張床上，所以心裡還是有點緊張。大家都離家生活多年，早就習慣了一個人住，此時卻突然要和別人同床，感覺有點怪怪的。其實每個女生都有自己難相處的小 point，比如有人很怕吵，有人會搶被子，有人有潔癖……同房幾日已經很需要耐心，何況要同床。

我們畢竟不是天天相處的閨密，而是一直「異地戀」，生活習慣肯定有很多不同。夏雪在飛機上告訴我她怕光和吵，所以睡覺要戴眼罩和耳塞，而我其實沒有什麼特別要注意的地方，只是心理上擔心晚上被搶被子，我很容易感冒喉嚨痛。

同床第一晚就這樣忐忑地度過了，可能因為第一天大家都累了，又經歷了夜路驚魂，睡得非常沉。但第二天早上兩人都因為時差早早就醒了，醒來之後我們對視，互相都掛著兩顆大黑眼圈，肯定沒睡好。但還是要出門遊覽啊，出門前我們不約而同坐在沙發上拚命用遮瑕膏遮黑眼圈的樣子，好好笑。

第二晚因為時差關係，我們都睜著大大眼睛望著黑暗，誰也睡不著。

「喂，Momo，你和人一起住過嗎？」一片黑暗中，夏雪問我。

「當然啊，我大學住宿舍耶。」因為香港的大學宿舍一間房只住兩個人，還算好，但即使室友是好朋友，還是免不了偶爾出現爭吵。我在臺灣政治大學交換時，女生宿舍住了四個人，那對我來說已經是極限，我是一個極度需要私人空間的人。

「後來大學一畢業，立刻就搬出去自己住。」我說，無論如何也要一個人一間房啊，不然長大有什麼意義呢。

「我從小和姐姐住同一間房。」夏雪突然小聲說。

我懂她的意思，青春期的小孩非常嚮往個人空間，尤其是女孩子，兩姐妹雖然是親人，但在某種程度來說，也是父母關愛的競爭對手。這樣朝夕相處，難免有大大小小的爭吵。在一片異國的黑暗中，夏雪斷斷續續地說著小時候的事情，性格敏感的她在家庭裡受到的小小委屈、親人的不理解、姐妹之間微妙的關係……說著說著，聲音愈來愈小，最後變成平靜的呼吸聲。

黑暗裡一片安靜，該死的，我怎麼還是睡不著？

好像從小就是如此，一直以來，在友情關係裡，我都是當樹洞的角色，喜歡傾聽，卻不愛傾訴。因為從小是獨生子女的緣故，習慣了獨處、一個人睡，一個人在家裡玩一整天等待父母下班回家。後來長大去香港讀書，又習慣了一個人待在深夜的剪輯房，剪功課、看書、看電影。

「好像都是我在講，你都不講你的事耶。」有一天晚上，夏雪對我說。當時我在查找第二天目的地的交通方式，就抬頭敷衍了一句。空氣陷入安靜，只有我們分別按著手機的聲音，也不知道過了多久，夏雪突然抬

頭說了一句：

「其實我也很願意當你的樹洞啊。」

我愣了愣，看了看她。她看著我，嘴角帶著笑。

「哦，好啊。」我又低下頭繼續查資料。雖然表面沒什麼，但那一晚好像睡得很好，不知道是因為戰勝了時差，還是因為覺得安心踏實。

對我來說，有人願意聽我傾訴，可能比真正的傾訴來得還重要吧。習慣了生活在一個人的世界裡，覺得沒有人能夠理解自己，總是任由思緒飄到很遠的地方，這樣的我，真的可愛嗎？

記得大學畢業後相處的第一個男友，當時的我覺得他好溫暖好親切，在他面前就會打開心房，不停說話，講每天發生的瑣碎事情，講初出茅廬的工作煩惱、人情世故……直到有一天他開著車，突然跟我說：「你可以安靜一點嗎？」他的表情很冷漠，一點都不像開玩笑。

我閉上了嘴巴，好像被責罵的小貓一樣，突然明白自己因為完全信任而做出的撒嬌、胡鬧行為，其實一直在煩惱著對方。而人和小貓其實也很像，當牠明白了自己的處境，也就不再完全信任那人了。從那以後，我和他的交往變得平淡如水，我發現他也不願意說自己的事情，我反覆試探想要得知他的內心，也像是變成了一種無禮打擾。

然後我們就分開了。其實誰也沒有做錯，但到底哪裡出了問題，我一直沒有搞清楚。如果煩厭，為什麼不早點用更好的方式說明白；如果不願打開自己，又為什麼要假裝想要了解對方。從那以後，我便很少和異性打開心扉暢談，因為害怕對方並非真正想了解自己。不知道這樣的後

遺症還要持續多久，我也在等待一個溫暖的人，可以和他一起漫無方向
地談天說地啊。

　　旁邊響起了夏雪均勻的呼吸聲（絕對不是鼻鼾聲！），我好像變回了
那個十幾歲對愛情充滿憧憬的小女孩，就這樣帶著幻想慢慢入睡。

周慕雲的樹洞
夏雪

　　我以為從事藝人工作的 Momo，會很善於交際和聊天，但 Momo 似乎屬於小眾，不用工作的時候，離開鏡頭的她私下是個很安靜的文藝青年。

　　回到布拉格的 B&B，Momo 坐在飯桌前面的椅子上，一言不發地策劃著我們第二天的交通行程。

　　回想我們之間的相處，似乎都是我在分享自己的事情比較多。可能是敘述臺灣生活上遇到的一些趣事，可能是工作上的失意，也可能是一些好笑的笑話，或者跟男朋友之間的相處。

　　我是個喜歡獨處，喜歡和音樂作伴，但內心同時感到空虛、寂寞和孤單的人，一旦遇到我認為可以信賴的朋友，就會把自己赤裸裸地呈現給對方。如果對方願意聆聽，我可以像電臺 DJ 那樣，講很久很久。

　　我除了渴望被了解，同時也渴望著被理解。就算家人沒辦法理解我，至少還有一個人能知道我的苦，只要知道就夠了。我需要有個人抱抱我，輕撫著我的後腦，溫柔地對我說：「沒事了，說出來就沒事了，我會一直陪伴著你。」遇見 Momo，就像一個遇溺的人努力抓住救生圈一般，把生活上受到的委屈，一一對其傾訴。

　　Momo 就像樹洞般的存在，時而和我同仇敵愾，時而跟我一起笑到上氣不接下氣。有時候人之所以想要傾訴，並不一定需要獲得一些很有用的意見，他可能只是想要得到你的認同、你的關懷，適時向對方表達你

理解他的痛苦，這樣反而更能令對方得到安慰。

上一次像這樣毫無保留地分享著自己的時光，好像是在很久以前，又好像是在昨日。我總是很容易信賴一個人，總是很容易就把自己的底牌掀給別人看，好像只要把底牌都亮給對方看，我們就是好朋友的那種感覺。有好朋友的感覺真好，有了好朋友就不孤單了，就像小時候我擁有姐姐一樣。

我喜歡獨處，但又害怕孤獨，所以我很懂得孤獨是什麼樣的滋味。同時我也希望別人，能夠因為有我的陪伴，而不再感覺到孤獨。

有一晚，我對 Momo 說：「不要總是我跟你分享我的事情，我也可以當你的樹洞，吸收你的負能量，在你需要的時候給你鼓勵。」

Momo 說：「友情有很多種方式，傾聽和吐露也是一種。朋友也有很多種性格，我們安靜相伴也是一種。」在我們這段關係，她的角色是樹洞，而我就是那個往樹洞傾訴心事的人。

《花樣年華》的周慕雲說：「如果一個人有祕密，便會找一棵樹，挖一個洞，將祕密告訴它，再用泥巴堵住洞口，這個祕密便不會被別人知道。」

在電影的最後一幕，周慕雲去了柬埔寨的寺廟，一個人很孤獨地站在一個很偏僻的角落，那個偏僻的角落很荒蕪，只有一個很偏僻的洞口。周慕雲站在洞口面前，用嘴對著洞，說了很多很多話，說了很久很久，最後用草封住了洞口，彷彿是要將那四年對蘇麗珍的愛慕，將這個祕密傳於樹洞，永遠埋藏在裡面。

　　看著梁朝偉的身影，我才恍然覺察，人是多麼的孤獨。世界上有這麼多的人，卻不一定能夠找到一個願意聆聽自己的人。到底要孤獨到怎樣一個無法承受的地步，才會跑到一個偏僻的角落，找一棵偏僻的樹，將自己的心事，埋藏在一棵永遠不會背叛你的大樹裡面呢？

　　你說在我們的一生中，能夠遇上願意聆聽自己的人，是件多麼幸福的事情。當 Momo 說她願意傾聽我所有的心事，成為我的樹洞時，我再次想起梁朝偉對樹說祕密的畫面。不一樣的是，我擁有一棵會給我建議和安慰的「樹洞」。

　　儘管 Momo 想要當一個傾聽型的朋友，但我還是想要跟她說：「辛苦的事情都對我說，沒關係的，就算是你覺得在別人眼裡可能是可笑的事情，我都聽你說。哭也可以的，哭有什麼不好呢？我願意成為你的樹，希望我們能夠互為樹洞，共同組成一片森林，那是一片不滅的綠化，你說好嗎？」

當我們說起波希米亞
Momo

我很喜歡一部電影，叫《波希米亞狂想曲》（*Bohemian Rhapsody*），故事是關於一位才華橫溢的藝術家——知名樂團 Queen 的主唱，放浪形骸的人生。

這是一部傳記電影，卻傾注著理想主義最為燦爛的高光，我想每個人看完，都會被那火焰所照亮，想起自己那些被淹沒的熱血夢想，那些不可能實現的流浪的夢。

捷克國土的大部分疆域，屬於古代波希米亞地區，也就是我們印象裡那些流浪藝術家、長髮善舞的少女生活的地方。這裡許多地方浪漫得像童話，當我們來到布拉格，恰逢遊人稀少，我們不停地在城市的每一處走著，從城堡區的莊嚴華麗，一直走到小城區的小廣場，然後沿著河岸，穿過藝術氣息濃厚的 Kampa 島、小運河、小鎖橋，最後走到色彩斑斕的藍儂塗鴉牆前。

經過實地考察，我覺得布拉格的城堡區和小城區，比河對面遊客青睞的舊城區更美好。這裡有大片綠地，有城堡，也有市井煙火氣息。我們還在小城區主幹道旁吃了一家令人印象深刻的餐廳「Lu Kalu」，裡面有個非常漂亮的用餐區，色彩繽紛到好像進了什麼神祕樂園（用餐區不止一處，你可以和侍應要求坐在最裡面，那裡最為繽紛夢幻）。

在這裡我吃到了整個旅程最好吃的義大利麵，簡單的橄欖油大蒜辣椒

義大利麵，吃起來乾爽又入味，橄欖油和起司碎放得毫不手軟，我吃到開心得跳起來。

另一道香煎海鱸魚也不差（至少一點也不乾）。歐洲很多餐廳烹飪肉品都非常乾非常柴，吃起來很可怕，這道菜卻連旁邊的「蔥花馬鈴薯」也好吃。捷克很多餐廳會用馬鈴薯做為主食，有些調味我們亞洲人吃起來會覺得很恐怖難吃，但這裡真的很棒，而且價格便宜，午餐人均不用一百港幣（臺幣四百）。

夏雪跟我旅行累慘了，她那天穿了雙過膝長 boot，有一點點高跟，暴走大半日已經淡淡地說，我腳有點痛……女孩子就是嬌氣，我當時想。

但當我拎一拎她的包，頓時嚇到：「小姐，你一直都背著那麼重的包和我暴走?! 裡面到底有什麼啊？」

原來裡面有一整樽熱水（我也有喝 :p）、補妝品（為了拍照沒辦法）、完整錢包（我怕扒手，只拿了個零錢包）、各種充電器……這麼小的包包竟然能塞那麼多東西！我驚嘆不已，這和我幻想中說走就走的自由派旅行實在相差太遠了吧。

但是，直到旅行後期，我也變得和她一樣了。畢竟長時間在外趴趴走，又要拍照又要照顧自己，女生所需的東西實在太多太瑣碎了。看來，我們還是當不了自由自在的波希米亞人。

最後我們放棄步行，call 了一輛 Uber 回家，大概是因為時差，兩人在還陽光燦爛的下午，就倒在床上直接昏迷。睡到一半，夏雪突然驚醒，打開臥室門，我們看見在客廳裡，站了一個東歐妹子！

布拉格廣場
沒有許願池

　　What？為什麼我們的房間裡會多一個人？？？？

　　我們倆一臉呆滯地望著這位圓臉矮矮、褐色頭髮的妹子（這位妹子之後也會多次出場），她一臉驚恐地說：「Oh, I'm so sorry!」弄了半天，我們才明白她是民宿其中一個管理人員，進房是為了和我們登記護照資料的。

　　但為什麼會直接進房？？我捉狂地看著她，只見她手忙腳亂地登記著資料，反覆道歉，看起來也不像壞人，就把氣忍住了。等到她一溜煙去登記隔壁房間的資料，我和夏雪還一臉黑線地互望著。不一會，當我們再次打算補眠時，房門又響了，妹子一臉歉意地再次溜進來：「對不起，我忘了拿鑰匙。」然後進屋弄了好一會兒，又一溜煙走了。

　　漫畫化我們此刻的背影，一定是頭上掛著一滴汗那種。

　　除了這位迷糊妹子外，布拉格的 Uber 司機也非常「波希米亞」風。他們通常開著二手破車，永遠在接單之後讓你等至少五分鐘，然後通知你取消訂單。或者明明就在附近，偏要繞一大圈再過來。最氣人的是，我遇過不止一個司機，等了二十分鐘終於來到相約地點，經過身邊時他卻揚長而去，害我像瘋狂女友一樣追著車屁股大喊「Hey, I'm here!!!」他還是不停下，最後索性消失在地圖上，簡直讓人一頭霧水。

　　我狼狽地站在馬路中間，腦海裡升騰起一大片粗口潮水。

　　夏雪這才慢悠悠地走過來，「不要著急，你太急了，慢慢來。」我真想把手機丟給她，不如你來 call 吧。

　　於是後來我們寧願搭地鐵。

讓人想不到的是，在這麼一座悠閒城市，竟然有著比香港地鐵更風馳電掣的手扶梯，而且在上下手扶梯的那幾秒鐘，會有一陣強達八級的颶風襲來。不誇張地說，柔弱如我，差點被整個吹到地鐵軌道裡……

還好在這裡，那些傳說中的「歐洲騙術集錦」，我們一樣也沒碰到。也許天氣太冷，騙子也懶得出門，也許我們兩個看起來不太好惹（不會吧）。

記得有個「難得靠譜」的 Uber 司機，長著一副不中不西模樣，原來他是蒙古人，小時候就移民來了捷克。他的車子很破，接單卻特別迅速，到站時間也準。他說他非常適應在東歐的生活，也很喜歡開車這份工作，尤其在夜晚開車，讓他覺得很自由。

看著他哼著曲子迅速接單的樣子，突然意識到，波希米亞人不就是歐洲的「游牧民族」？逐水草而居，在哪都能生根發芽。又想起捷克裔法國作家米蘭·昆德拉、捷克裔畫家慕夏，都曾遠走四方，在他鄉找到藝術生命。也許當我們說起波希米亞，我們就想起了那些想去而不敢去的遠方。

當我們說起波希米亞，我們就注定把「故鄉」帶在身上，所到之處，都是下一處停留之地的故鄉。所以波希米亞風才那麼五彩繽紛，因為那是所有走過地方的回憶。

終身美麗

夏雪

　　巷弄裡面開了滿園的櫻花，我們兩個已經和少女時代揮別很久的「熟女」，一時無法抵受少女心的召喚，很有默契地走了進去。

　　裡面看起來都是老房子，每家每戶的門前都種了一棵櫻花樹。盛開的白櫻花很有生氣，我想不只我們，美麗的鮮花應該是沒有年齡限制的，在鮮花的面前，女人永遠都是少女。

　　我忍不住幫 Momo 拍了好幾十張照片。這時，Momo 伸手跟我要相機。

　　「換我拍你。」

　　「不不不……你漂亮又上相，我拍你就好。」

　　有好幾次，Momo 伸手跟我要相機都被我拒絕，所以前面幾天加起來的照片，大概只有二、三十張。但後來她的語氣變得強硬，開始喝令我必須要克服在鏡頭前的自卑。

　　「不行，你一直不願意拍照會不夠照片出書的，你一定要拍！」

我這才不情不願地向她遞上相機。

也許你不會相信，我是個非常不自信的人。

笑的時候，會下意識地緊閉著嘴巴，像憋笑一樣，整張臉看起來很奇怪。就算男朋友說喜歡我的原因是被我的笑容所吸引，我還是一臉的不可置信。對於自己，我們總是如此嚴苛。在我眼裡，無論是眼睛、鼻子、嘴巴、臉型，都覺得有它的不完美，有它的缺陷。

我不喜歡照鏡子，不喜歡照相。就算照，也要把真正的自己藏匿在美顏相機裡頭，因為每次看到照片，就會想起酸民們的批評，心情就會變得很糟糕。

Momo：「我以為你覺得自己不漂亮是假的，跟你出國後才發現原來你真的很沒自信。但你長這副樣子還一直嫌自己醜，別人聽了會很想揍你。他們不會相信你真的覺得自己長得不好看，反而會覺得你很做作，是個婊子。」

我很清楚這個不自信的自己很惹人討厭，可只要看到照片裡面那個布滿缺點的我，就會很自然地抗拒面對。我甚至覺得喜歡我的人都是大善人，明明長相普通，笑起來還像個嚇人的怪物，能夠被愛就已經是一種福氣了。

小時候姐姐總是說我長得醜，聽多了自然也會覺得自己比不上受萬千寵愛的姐姐。我就像流著兩行鼻涕跟在女主角背後的丑角一樣，存在的意義就是負責去襯托姐姐的美。

我就是一個如此不自信的人。

為 Momo 照相的時候，我會提醒她頭髮哪裡亂了要整理，妝容糊了要不要先補一補，露出牙肉不好看，笑的時候嘴巴不要張太大等等。

我對自己嚴謹，幫別人照相的時候，也同樣希望能夠為對方拍出最好看的一面，所以會去喬角度，認真地調整 ISO 和光圈，提點對方哪些表情不好看可以轉換一下。但我眼前的 Momo，她似乎一點都不介意大笑時露出牙肉，她說這才是真正的她。

我望著眼前笑得燦爛又快樂的她，覺得她自信又漂亮。除了因為 Momo 確實長得好看，她的自信她的自在也讓她從內而外，形成一股獨特的魅力。

原來除了一絲不苟的美，從容、自信自在也是一種美（明明一直都知道啊，但卻很難做到）。

母親的朋友當中，有一個長相普通卻對自己異常自信的阿姨，就算齙牙，依然對自己自信滿滿。記得那時姐姐對我說，雖然她長得不好看，但是她充滿自信，自信是件很棒的事情，它既能讓你活得快樂，又不用花一分錢。

沒錯，自信就是最好的化妝品，而且免費。

我望著眼前充滿自信的 Momo，終決定放手把相機交給她。比起在意別人對自己的評價，我更想像 Momo 那般活得自在一些。

今天的網路世界是個充滿敵意的世界，比起欣賞和學習對方的優點，排斥和惡意的攻擊占大多數。你會發現寫出來的東西時常被各種荒謬蓄

意的方式曲解，不理智和惡意的攻擊亦較現實世界來得猛烈。譬如有人說我的鼻梁高挺，一定經過後天的加工，同時也有人說我的鼻子長得很醜，像極了前香港特首梁振英，應該先去整容才出來面見社會大眾。不喜歡你的人，似乎總有空間找到挑剔的地方。

社會上，不會所有人都對自己友

善，有喜歡你的人，也會有討厭你的人。喜歡你的人看你，就算放屁也會覺得可愛；討厭的人看你，噴了香水也不過是醜人多八怪罷了。

記得有次姐姐問我為什麼會對自己如此缺乏信心，我說那是因為姐姐從小就說我醜啊，姐姐愣了一下，然後臉上出現一種很複雜的表情。她說小時候在我面前說我醜，是因為覺得這樣說會讓自己心情變好，沒想到我卻往心裡去了，對我造成了傷害，她感到很抱歉。

有次讀卡夫卡的生平，發現卡夫卡在一生中，曾經多次訂婚，也多次取消婚約，最後終身未娶。他曾經鼓足勇氣給父親寫了一百多封信，卻

最終一封也沒有寄出去。他體弱多病，且生性敏感，可以說一輩子都生活在強勢父親的陰影之中。他甚至交代好友，在他死後將未曾發表的作品全部銷毀，從這裡我們可以看出卡夫卡骨子裡的怯懦和不自信。

卡夫卡自小喜愛文學、戲劇，但嚴厲的父親卻希望他像自己一樣，同樣擁有經商成功的堅毅個性，因而對他的興趣極為不屑。這讓原本就對自己不自信的卡夫卡在父親的冷嘲熱諷下，變得更沉默、更悲傷與自責，只能夠將心事抒發於作品當中。

讀到這裡，我頓時覺得卡夫卡好孤獨，孤獨得讓我想給他一個擁抱。

有些人花一生的時間，努力成為某些人眼中的成功人士，但他過得並不快樂。可到底別人的認同會對我們的人生構成什麼影響呢？為什麼我們要一直活在別人的目光下？

我們一直努力追求別人對自己的認同，彷彿這樣才有生存的價值；我們曾經以為，只有爬升到更高的地位，擁有更多東西，成為別人眼中的楷模，才能算是成功，才會幸福。但幸福不是這樣定義的，只是為了完成別人對我們的期盼所獲得的成果，並不一定能讓我們真正感覺到幸福。接納自己，放過自己，自己的快樂和幸福才是最重要的。

從捷克回來後，我對姐姐說：「沒關係了，過去的自己無論自信還是自卑都不重要，重要的是未來，我們能不能好好地愛自己。」

文字工作者的浮生若夢
Momo

　　去捷克之前，我們的工作狀態都不好。我，一個幾個月沒有工作的演員；她，剛剛搬去臺中，前途也渺茫。當我們決定開始這個「被動假期」時，夏雪問我要不要把這一切變成一本書。

　　我有點無奈地點點頭，其實，我一直在寫，從來沒有停過。她不知道我從二十一歲大學畢業開始，每一次旅行，都會帶著筆記型電腦。只有這次，我沒有帶電腦。

　　我累了，暫時不想再寫了。這種「職業倦怠期」，我不是第一次經歷。

　　大學畢業後我做了編劇，每一天都是寫寫寫，然後自己寫小說參賽，雖然得了香港青年文學獎，卻似乎沒有後續發展。之後我入行娛樂圈做了演員，為了生計，一直以來也沒有停止寫作，內地影視劇本、香港電視劇劇本、報紙雜誌專欄……我一直在寫，雖然賺取的收入不多，但這已經是在最盡力用夢想去工作。那些所謂賺錢的「更好的捷徑」，我一樣都沒有時間專研過，只想專心做我該做的事情。何況，演戲和寫作，本來就不容易，我要想兩樣都做好，要付出的努力，只有加倍。

　　媽媽總說，你給自己壓力太大了。

　　在最疲憊的時候，感覺自己像在用有限的水分，極力澆灌兩棵叫做「演技」和「寫作」的樹苗，兩棵都是容易枯萎的嬌嫩小苗，我期待它們快點長大。而更多的時候，我卻像受虐狂似的甘之如飴，所以願意背著重

重的筆記型電腦去世界上不同的地方，隨時找咖啡館坐下來，寫作。

　　而這次，我正陷入第三篇長篇小說創作的瓶頸，坐在電腦前一個禮拜，從白天到黑夜，最後只寫了幾行糟糕的文字。那些人物好像突然變得陌生，捉摸不住他們的心，平日裡，總是痛苦地在凌晨睡著，又醒了，開始完全沒有進展的新的一天……

　　最難的是，在有時需要出鏡表演的日子裡，必須狀態完美、皮膚光滑，這對於當時熬夜寫作的我來說是最大的挑戰。我買了很貴的護膚品，喝很濃的咖啡，盡力讓自己看起來容光煥發，可是卸妝之後，在鏡子中的臉，卻憔悴得嚇人。

　　於是終於決定去旅行了。好像以為旅行就能按下「reset」鍵，但真的可以嗎？

　　出發前，我又下意識地拿起筆記型電腦塞進行李箱，但想了想，還是拿了出來。我需要徹底休息，不能再想未完成的工作，不能再把自己逼到死路，妄圖掙扎出一個破洞。我要退出來、繞出去，看看其他的路。

　　在旅行車程上，我忍不住問夏雪：「你的小說寫得怎麼樣了？」我知

道她之前在寫一個關於花蓮的故事。

　　她苦惱地搖了搖頭。「怎麼了嗎？編輯也在催我，可我……」她前段時間忙著跨城市搬家，發生了太多事情，寫作也耽擱下了。

　　「我懂……」我點點頭。

　　然後我們都沒說話。在香港這個浮華的社會，要找到一個同道的寫作者，還能性格相融、成為朋友，真的很難很難。我懂她創作的苦惱，相信她也懂我，這大概不用說話，也能彼此了解。畢竟這條路的苦，也只能相視一笑，而已。

　　「一入侯門深似海」這話形容寫作一點也不為過，我們既然放棄不了，只能背負著痛苦繼續牽著手走下去吧。

　　「喂，一起寫吧，回去之後。」她抬起頭，鼓勵我。

　　「好啊。」我也想暫時從小說的困境中走出來，想到有人和你一起填滿空白的文檔，就有一種安心感。我忍不住摸了摸她的頭髮，又滑又順，令人羨慕啦！「我跟你說哦，等你全力投入寫小說，就會開始掉頭髮哦！」我嚇唬她。

　　「才不會呢，又不是沒寫過。」她用手理了理長髮，轉過頭看窗外。

　　車窗外是捷克鄉下的景色，充滿著波希米亞風情，陽光很美好，一切都很美好。我想起我曾經總是放在案頭的一本書《創作者的日常生活》，裡面是關於世界上許多作家和音樂家們創作時的習慣、趣事。當我寫到枯竭時，就會拿起來隨便翻翻，想像這些偉大的創作者們就住在我隔壁。

　　嗯，外面有開門的聲音，大概是村上春樹又去慢跑了吧。咦，聞到了

咖啡和麵包的香氣，也許是童妮·摩里森在為孩子準備早餐……這些作家們都在用不同的方式，去處理寫作產生的拖延和焦慮。卡夫卡曾經在一封信中寫道：「時間很短，我精力有限，辦公室是一團混亂，公寓則喧鬧不休，要是我們不能輕易得到愉快的生活，那麼只能想些巧妙的方法迂迴前進。」無法獨處，無法超脫世外抽離地看待生活，我們都一樣，一邊生活在文字夢境裡，一邊生活在世俗煩惱中。

很多作家喜歡散步，大概也是想要遊走在夢境和現實邊緣，找到一個獨處、自我對話的流動空間。而我沒有散步的場合（香港哪兒哪兒都是人），有時候甚至是在片場一角躲起來寫作。焦慮，很多很多焦慮就是這樣一點一點堆疊起來，我們需要在煩雜的當下立刻投入到異世界裡，然後又在智慧電話響起第三聲鈴聲時，接起電話，準確回應對方的要求。

更多的時候，我們要努力去賺房租，換來能住在裡面，自由寫作的權利。

有一刻我會想，如果我有小孩，他躲起來偷偷寫作，也許我會告訴他，這事真的很美妙，但是把它當成一個興趣就好了。

所以，此時此刻暫時與寫作分離的感覺，真美好。希望回歸以後，能重新拾起最初的愛，如果還是不行的話，我會再等等。畢竟這是一項終身事業，就像此時窗外的風景，有時候需要停一停，才能抵達下一個目的地。

上 天 眷 顧 的 女 孩

夏雪

　　Momo 如常坐在餐桌旁的椅子上，計劃第二天的交通，我在對面的沙發操作相機，準備把白天在布拉格城堡拍的照片 AirDrop 給她。

　　天氣很冷，大概只有兩三度左右，我們在室內開著暖氣，捧著熱呼呼的水果茶，各自為手上的事情而忙碌。這幾日拍攝的照片很多，傳輸需要一點時間，於是我們便互相閒聊。

　　我們談起家人，談起生活，談起寫作。Momo 聊到她自畢業開始就一直寫，在別人看來，她的寫作之路很順暢，得過文學獎，寫過暢銷電視劇和具話題性的電影，但在這些光環以外，沒人知道她的壓力，沒人知道她的失意。

　　她說每次書寫一部作品，都讓她精疲力盡，甚至還會掉很多頭髮。我說我理解那種感覺，因為我也會，洗頭時滿地纏在一起的頭髮活像堆了一個人頭，把我嚇得心驚膽顫。

　　除了掉髮，忙到一定程度的時候，還會有白頭髮的困擾，每到此時，我便常常笑言自己是少年白頭。其實這也不完全是笑話，我小學四年級就開始生出白髮，偏偏那時候沒染沒燙，髮質很好，濃密且烏黑，導致每次書寫後生出的一點點白髮便顯得分外礙眼。

　　Momo 聽我說起這些，好像要跟我分個高低一樣，嚷著自己也會長白髮，只是同時身兼演員的她，會立刻用染髮劑覆蓋。我覺得畫面有點好

笑，兩個女生，一個二十八歲，一個三十歲，竟然同時為白頭髮和掉髮產生共鳴。

在很多人看來，可能將寫作這個行業單純理解成收入不穩定的工作罷了，很少有人會站在我們的角度，理解我們所面對的問題。

我跟其他寫作者不太一樣，始終好奇心很大，容易被外界的事物影響，沒辦法像 Momo 那樣，可以一個人優雅地喝著咖啡，待在咖啡館安靜地書寫一整天。

我習慣把自己關在一個熟悉的空間，通常是自己的房子，在無人的情況下，才能完完全全地投入在自己的寫作世界中。一開始男友還會提醒我不要每天賦閒家中，當時我只能啞口吃黃連，無法辯解。

不是所有人都能夠理解我們的世界，在我書寫第一本書的時候，家人甚至以為我荒廢工作，是一個不分晝夜抱著電腦打遊戲的「廢青」。

在我居住的周圍，白天有學校傳來的上下課鐘聲，有學生上體育課的哨子聲跟叫囂聲，下午有小朋友在兒童公園的嬉戲和各種尖叫聲。只有在寂靜的深夜，我才能夠心無旁騖地書寫。但我成長於日出而作、日入而息的正常家庭，對於我在深晨敲打鍵盤，他們頗有怨言。從氣窗折射出來的光線，甚至會打擾到身為 office lady 的姐姐休息。但白天沒辦法專注，可以應用的時間自然變得很少，我害怕來不及在截稿以前完成，於是關了燈後，依舊在黑漆漆的客廳，藉著螢光幕的光線繼續書寫我的小說。

在父親斥責我不工作，只顧著打遊戲時，我內心非常難受。為了做自

己想做的事情，我明明已經使出了自己最大的力量，為什麼還要斥責我，是因為我還不夠優秀嗎？

我只能夠用「因為別人不是你，所以他們沒辦法立身你的位置，去思考你所面對的難處」來安慰自己。只有迫著自己堅強，迫著自己懂事，才有足夠的力量獨自面對這條孤獨的道路。

在別人看來，看似過得輕鬆自在，但實際上，一直都處於沒有安全感的生活狀態。在沒有約稿的時候，人就會開始發慌、會焦慮，左前額的髮際線，便是焦慮時不停梳抓所造成的疏落。除了沒有收入，還會不時擔心自己是不是已經被市場淘汰。

旅居臺灣以前，只要平均每個月都接到一個業配，就已經足夠我一個月的開銷，可當公關公司知道我移居臺灣，便慢慢捨遠取近。有好長一段時間，我接不到一個業配，甚至連邀稿都沒有，生活便從穩定轉趨為飄忽。

在日子最艱難的時候，父母竟然對我說，我可以暫停支付家用，如果

有需要，還可以匯點錢給我應急。但這怎麼行，當初是我自己堅持要到臺灣生活，又怎能有臉面伸手跟爸媽要錢，然後繼續在異地生活呢？我的自尊心不容許我這麼做。我強迫自己想辦法，一定要想到辦法。於是，我買了一大袋地瓜回家，跟泡麵替換著吃，還有讀者怕我為了省錢不吃飯，從香港寄乾糧到我做志工的學校，裡面有薑茶、人蔘片，有餅乾有泡麵有干貝，還有小魚乾。讀者說，女生要學會保養身體才行。

我接受訂閱的專案計畫，給專屬會員寫故事，幫店家寫文案，幫城鎮編寫行銷文章，幫馬來西亞導演寫電影大綱，也幫深圳的製片人寫劇本。於是，生活又慢慢好了起來。

生活重新回到軌道，我又重新活躍起來了。我可以不用每天吃地瓜，又或者泡麵過日子了，我甚至還有一點點餘錢，可以請父母去趟小旅行，然後寫一些跟旅遊有關的文章，補貼一下旅費。

拿到版稅稿費的時候，我把錢存起來，沒有靈感就出去走走。只要我們分得清「想要」和「需要」，你就會發現真正要花錢的地方其實不多。

有一次我以為接到一個大案子，除了寫劇本，還應對方的要求跟他們心儀的主演洽談合作。後來我提出簽約，對方卻在群組表示要跟我終止合作，原因是她不喜歡我的作風，讓我寫大綱是考驗我的能力，一個沒知名度的小小作家還敢跟她談條件，是以為自己瓊瑤嗎？太讓人感到噁心了。

腦袋瞬間一陣麻痺，胃裡像用棍子攪動一樣難受。沒想到提出合理訴求非但得不到合理的對待，還被對方在群組公開羞辱，內心有委屈也有

不憤。我自然知道自己不紅，可是不紅又有什麼錯呢？難道我的努力、我的堅定就不值得獲得一點點尊重嗎？

我沒有因為不紅而放棄寫作，無論別人怎樣竊笑和評論，我都沒有選擇逃避和放棄，甚至覺得努力過的每一個瞬間都是值得驕傲的。就算家人不認同我，酸民嘲笑我，戀人看輕我，我都跟自己說不能哭，只有笑著一直寫下去，才有機會讓他們見到你到底是有多麼認真，讓他們知道，堅持這件事情並不可笑。就像我在《找 1/2 顆荳蔻》裡面所說的：「既然上天給了我上場擊球的機會，我就應該努力打出個漂亮的全壘打。」堅持，是面對打擊跟不理解最好的回應，只有繼續一直向前，才有機會向不了解的人展示自己堅持的理由。

在我們的生活中，常常會遇到不被理解的局面，我們會憤怒，會失望，會感到孤單，但唯獨堅持，才有機會令不理解的人，理解我們到底為了什麼而努力。過程中也許會歷經艱辛和痛苦，但為了把握機會而努力奮鬥的人，未來一定能夠創造出比現在多幾百倍、幾千倍、幾萬倍的幸福。

你曾經得意，曾經氣餒，也曾經想過放棄。但經驗告訴你，只有重新爬起來才能解決目前的困境，只有變得強大才有機會接近成功。

只要你不放棄希望，希望就不會放棄你。

Momo 問：「你為什麼在日子過得很糟糕的時候，還是臉帶笑容？」
我說：「因為上天會眷顧愛笑的女孩子啊！」（笑）

一 場 充 滿 陽 光 的 便 便
Momo

在 CK 鎮的三日，我們住得很痛苦。

本來古鎮裡的住宿都是以 Hostal 為主，意味著房間較小，要 share 衛生間，不像酒店那麼舒適。而我為了位置優先的考量，訂的那一間 Hostal 歷史也比較古老（網站照片看起來不錯）。

　　第一日入住的時候，我和夏雪拖著大大的行李箱從巴士站找民宿地址，以為並不難，卻沒想到古城裡都是石板路，拖著行李箱超痛苦！看上去短短的距離，我們兩個走到欲哭無淚。連一句話都不想多說，只是偶爾停下來互相交換絕望的眼神。

　　最後終於找到民宿那棟黃色河邊小屋，我們兩人已經癱倒在門口。

　　因為行李太重，無法搬上狹小的樓梯，我向民宿主人請求換到一樓的房間。而那房間，小到驚人，基本上只是放了兩張小小的單人床而已。

　　兩人的行李箱無法攤開之餘，單純只是放下，就已經無地落腳，連門都推不開。我們只能坐在各自的小床上，面面相覷。窗外正對著小鎮的路，遊客可以直接望到房間裡面，我們看著窗外不足兩公尺處，正在路邊悠閒拉撒的狗狗，心中一隻無奈的烏鴉飛過……

　　之前為了貪圖這裡交通方便，可以去周邊遊玩，我訂了足足三晚。三晚！

　　夏雪小姐的臉色已經半黑不黑了，我自認為吃得了苦，十幾歲時也獨自搭過數日的老舊火車旅行，覺得不是什麼問題。但我試探著問夏雪，要不要我們換一間，這裡的住宿費也不貴，沒了就沒了。

　　夏雪想了想，搖搖頭說，反正就是只在這裡睡覺而已，沒關係啦。

　　我覺得她是用盡了忍耐能力去說這樣貼心的話，很感動。

　　確實後來經過考證，其實小鎮裡的住宿條件都不太好，所以很多遊客

都會選擇住在離這裡車程三、四十分鐘的 CB 城市內。但相對而言，如果住在另一個城市，就看不到夜晚古城的另一番情調，我們為了這樣的目的，堅持留宿在小鎮裡。

第一夜洗澡時，才是真正考驗。

我先去公用的淋浴室，一進去已經嚇一跳，雖然乾淨程度算 OK，但真的小到連轉身都困難，而且燈光昏暗。最最可怕的是，熱水器不是持續供水，而是像海灘淋浴設施一樣，要壓一下、出一下水，過了幾秒，又要再壓一下……

當時氣溫只有一、二度，公用區域無暖氣，熱水又溫又小，又一直停。最最最可怕的是，這裡的燈光是感應式，過了一段時間就會自動熄滅。

洗到一半，突然陷入一片黑暗。

好在我沒有尖叫，而是忍著寒冷，對著空氣亂舞動，好像這樣就能讓燈感應到我的存在。終於燈又亮了，就這樣洗了一個史上最痛苦的澡。我哆嗦著回到房間，跟夏雪一一提醒（我覺得她如果遇到那情況會崩潰），我真的很擔心她會受不了，而且她還在生理期。

果然她洗完澡，一臉憔悴地對我說：「那個淋浴頭，只有八條水柱，我數過，八條而已！」

我弱弱地說，不是啦，也有十幾條的。

有些可能兩條合併了，合併出來，只有八條！她一臉絕望癱倒在床上。

當晚，又出現更令人捉狂的情況，隔壁住著的歐洲年輕臭屁孩，深夜三點多喝醉回房，大聲聊天說笑，把一牆之隔的我們吵到無法入睡。我

布拉格廣場
後有許願池

氣得用手指敲了敲牆壁，提醒他們小聲點，竟換來他們瘋狂捶牆報復。

我嚇得縮在被窩，仔細回想，房門是鎖好的，才放下心來。

歐洲的小屁孩真的很討厭！我是他們姐姐的話，一定一個個打屁股！

第二天，夏雪半醒不醒地說，好好笑，昨晚那幫人在鬧的時候，竟然有個勇士敲牆阻止他們。

我：「你說的那個勇士，就是我啊。」

夏雪一臉驚訝的表情。（你是睡得有多深？）

第二天，天氣稍微回暖，我決定到二樓小廚房裡準備早餐，卻意外讓我發現了閣樓裡有第二間廁所。這間廁所，又大又暖，而且熱水設備正常。當你在上廁所時，會有和暖的陽光從閣樓天窗灑進來……

多麼美好的小鎮生活，只要有陽光能照進 toilet！其實在旅行中，快樂真的好簡單。

那天我們在小鎮裡看到了像做夢一樣美麗的黃昏，我們站在高地露臺上，望向一整片渲染上金黃色的斑斕屋頂。大家都不想講話，也不想拍照，只想把這一刻永遠記錄在眼睛裡。

夏雪突然說：欸，你看，我們早上去廁所時，陽光就是這樣照進屋頂的，是不是很夢幻？

好吧，因為你這句話，我會記住那場有著夢幻陽光的便便。

天堂與修煉場
夏雪

　　我以為那將是一個美好寧靜的晚上，沒想到卻像住在接受磨練的修煉場一般。

　　布拉格的 B&B 環境很好，有玄關有浴室有客廳有房間，我一向喜歡室內陽光充沛的房子，從走進去的一刻就可以感受到自己被溫暖所包圍。

　　這是一棟溫馨的房子，每晚房間加上稅金清潔費，才一千六百塊臺幣。每人分攤下來是八百塊，並不算貴，就可以擁有一個很舒適的空間。

　　沒有比較就沒有傷害，如果說布拉格的房間是天堂，那 CK 的房間就是修煉場。

　　床尾擺放了我們的拖鞋跟外出使用的運動鞋，出入只能單人繞過木門進出。窄小的房間，行李只能強行塞在兩張單人床的中間，才能勉強攤開一半。單人床的頭頂各有一扇小窗，透明的白紗隨風飄舞，我們可以看到外面街道上的風景，路上的行人也能一眼就看到我們，因此每次在房間更衣時，我們都要左閃右避。

　　我不介意房間小，只要環境乾淨，湊合著就過去了。我比較不能接受的，是要在寒冷的冬天裡頭洗冷水澡，我後來還發現那是生理期的第一天。

　　老舊狹窄的浴室，沒有暖氣不打緊，水一開，洗刷在身上就暖和了。

我伸手去按淋浴開關（那是一個海灘淋浴設備，每隔幾秒要重按一次），沒想手一按，蓮蓬頭卻只流出八條水柱，是八條（在瀕臨崩潰的狀態下，我竟然還能去計算它的水量）！！！

　　夏天也就罷了，但布拉格目前是一至二度的低溫，再加上沒有暖氣的浴室，蓮蓬頭竟然只灑出八條水柱，而且還是微溫的涼水。

　　「不要想不要想不要想，一激動肚子又要發疼了。」子宮像被當作毛巾一般擰了一圈又一圈，像被坦克車一遍又一遍地輾壓，又像肚子中了一槍、被打了一拳那般的疼痛。我強忍著子宮劇烈收縮所形成的不適，一方面要避開固定在頭頂上方的蓮蓬頭不要灑到頭上（我不想要用八條水柱洗頭啊～～），一方面強忍著微溫的涼水，快快把身體沖刷一遍。

　　忽然間，浴室陷入一片黑暗。

　　幸好 Momo 提前告訴我浴室採用的是感應燈，所以當下沒有很驚慌。但因為不知道感應在哪裡，蓮蓬頭停止供水之後，並沒有立刻重新啟動。

　　身體顫抖了一下。

　　我嘗試揮手，但感應燈毫無反應。

　　身體愈來愈涼了，我一邊抱著自己取暖，一邊使勁地揮動著右手，但浴室依然停留在冰冷的黑暗之中。

　　在短短一分鐘裡面，腦海不止一次浮現出「我為什麼要在這裡受苦啊！！！」的絕望念頭。

　　我推開浴室的活動門，企圖加大身體的幅度來引起感應燈的注意。在手腳並用之下，感應燈終於亮了（感動到目屎流）。

回房間後，我無力地癱坐在床上，勉強擠出一絲笑容。「那個蓮蓬頭只有八條水柱，我算過，八條而已！」

我不可以表現得太難受，因為 Momo 負責安排了交通和住宿，我如果抱怨，她也太委屈了。而且，她和我一樣，也一起承受著相同的磨難。

除了糟糕的洗浴條件，我們還遇到醉酒的鄰居房客，當時已經是凌晨兩點多，卻依舊聽到鄰房大聲講大聲笑，根本沒有考慮到其他旅客需要休息。在我心下腹誹的時候，忽然聽到幾聲急促的敲牆聲，心想一定有人也跟我一樣，被喧譁聲硬生生從甜美的夢鄉拉出來，所以忍不住敲牆警戒對方吧。不想鄰居竟用力敲打牆壁來回應，聲量之大把我嚇了一跳——「你們不是要大打一場吧?!」

翌日起來跟 Momo 分享這件事情，她瞪著那雙本來就不小的眼睛說：「那個義士就是我啊！」

從來沒有想過，好好淋浴跟睡眠會是件艱難的事情。我想起八年前摔傷腳踝那件破事，每天的願望就是希望早日康復，能跟平常人那般走路、跑步。還有兩年前，因為壓力導致免疫力失調，誘發蕁麻疹，從頭皮到腳底都痕癢難耐，在那一年多裡頭，每日的願望就是身體健康，能像平常人那般吃最尋常的飯菜。

經歷過那兩次之後，我便對人生的得失看得更為淡然。健康才是最重要的事情，只有擁有健康的體魄，才有力量去完成更多我們想要完成的事情。

　　我們總是要在受傷或者生病的時候，才會記起身體才是我們最大的本錢和最珍貴的財富。真正的幸福，是無形的。

布拉格廣場
沒有許願池

小鎮驚魂夜

Momo

讓我們想不到的是，一路上遊人好少。

之前被各種途徑警告過歐洲扒手猖獗，錢財要怎麼放才安全（我考慮過放錢進 Bra 和鞋子，真的，但想到買單時的狼狽儀態，只好咬牙放棄），相機也只帶了夏雪的一臺單眼，可以拍攝兩人照片的腳架也放棄了，怕在拍照時被人順手拿走……但到了實境，我們發現，別說什麼扒手了，遊客也沒幾個啊。

大概是因為淡季，又是復活節假期前，每天簌簌的冷風裡，周圍連句國語都聽不到。於是在捷克、奧地利邊境貴貴的便利店裡，我被兩塊小麵包、一杯小咖啡賣接近港幣一百大洋的價格嚇到後，想也沒想，直接飆出了一句「好 X 貴」的不甚優雅的感嘆。誰知，前面的香港女生立刻回頭，然後認出了我。

我：……（素顏又爆粗的我，很開心見到你……）。

在旅行的過程中，遇見了好幾次熱情的香港遊客，還有一對夫婦，我們在奧地利合影了，結果在布拉格又碰上了。我想，實在非常感謝你們，我又不紅，你們還假裝知道我的名字，還來合影，我真的很感動。

以前旅行中的我，都非常冷漠，因為怕一不小心就陷入套路，到時候人生地不熟，沒人救我不就 GG 了。但這次旅行仗著有個聰明又活潑的夏雪，我決定「活出自我」：快樂地和陌生人攀談，快樂地說說笑笑，

主動和說國語、粵語的同車遊客打招呼。聽到很多旅行故事，的確非常開心，我們還收到不少小禮物呢。

最好笑的是，奧地利有個餐廳經理說：「吃完飯我有個驚喜給你。」

我很期待。

結果他給了我們一人一罐當地的空氣⋯⋯好吧，我硬塞進行李箱帶回來了，是要送給誰？

一直以來，好像已經習慣了掩飾自己的喜怒哀樂，除了在演戲的時候能夠呈現出來，其他時候的我們，都一直被教育要得體、沉默是金。我做得很好。因為年輕時在工作中也因為說話太直接而吃過虧，漸漸地就學會了閉嘴。閉嘴加微笑，真的是成人世界的法寶。

夏雪給我拍照時，總說我嘴巴笑得太大，稍微收收比較好看。我辯解說我就是這樣笑的，假笑我也會，你肯拍嗎？好在她也是性情中人，當我和 Uber 司機瞎聊天時，她會一直慫恿我隨便問路，我不好意思總是問東問西，但她總說：「有什麼關係，問問嘛。」嗯，你說得對，我要是問多點路，估計也不會老迷路了。

然而，我們在旅行中遇見最冷漠的人，卻是一個華人女人。

那晚在 CK 小鎮，我們吃完飯，晚了些回民宿。剛好民宿門口不遠就有個人高馬大的東歐醉漢，一直在朝著路過的我們大喊大叫。我很害怕，急速拉著夏雪來到民宿門口，他還一直遠遠盯著我們，在黑夜裡就像恐怖的怪物眼睛。

我從包裡掏出鑰匙，但因為緊張，怎麼也扭不開民宿大門。這時我透

布拉格廣場
沒有許願池

過大門玻璃看見裡面一個亞洲人模樣的女住客正在燒熱水泡茶，我迅速
向她招手，請她幫忙開門。

她看到了我，但沒有任何反應，繼續泡茶。

我再朝她招手，用肢體表示我有鑰匙，但不知道為什麼開不了門。

她再看了我一眼，然後起身，慢條斯理地洗杯子。我只好拚命繼續轉
動鑰匙，但門鎖好像一時出了問題似的，我一邊向她求助，一邊努力開
門，我看見她又看了我一眼，然後甩甩杯子，回房，關門。

我：⋯⋯。

直到我們終於用鑰匙打開那扇大門，我立刻忍不住衝到她房門前敲門。
她開了門，我問她，為什麼不幫忙開門？

她用普通話說，每個人都有責任帶著鑰匙，不關她事。

我看見房間裡有她的丈夫，是個強壯的中年男子，擔心安全，也不至
於擔心我們兩個女生吧。

當下真的生氣到捉狂，但似乎也真的沒有資格責怪她，即使她在房間
裡也聽到醉漢的大喊大叫。即使我們只是兩個素不相識的亞洲女生，但
她的冷漠，真的讓那一刻在門外的我們，很心寒。

直到睡著前，那個醉漢還在門外大喊大叫，我相信小鎮的警察局也聽
得到，似乎也有幾個男人上前試圖阻止他騷擾別人。但他仍然不住地大
喊「I love you! I love you!」，聽起來既好笑又心酸。

第二日早餐時間，隔壁女人和她的同伴們占領了廚房的空間煮泡麵，
我默默拿著平底鍋在一角加熱早餐，沒有和她們說一句話。大概她的其

他同伴會覺得我們很不 nice 吧，但我實在沒辦法忘記昨晚大門裡面她看著我的眼神，連一絲漣漪都沒有的冷漠眼神。

　　平日生活已經看夠了冷漠的人事物，旅行時又何必如此呢？我氣鼓鼓地吃著早餐，明明是美味的薩拉米臘腸配麵包咖啡，卻變成了食不下嚥。對面的夏雪吃得津津有味，實在佩服佩服。

　　洗碗的時候，我還用力瞪了那女人一下。夏雪笑了出來，可能她不知道原來看起來好相處的我那麼愛記仇吧～喂，我這叫「嫉惡如仇」好嗎？

一度著蛇咬，怕見斷井索
夏雪

在前往 Strahovský kláśter 圖書館（世界最美圖書館之一）的路上，我收到父親打來的電話。

父親喜歡跟我 FaceTime，儘管不習慣面對鏡頭，但在父親面前，我還可以從容而自在一些。

我舉起相機，讓鏡頭照著我的臉，跟父親說了一聲：「嗨！Daddy。」

「I am her boyfriend!! I am her boyfriend!!」忽然，一男子從後突入鏡頭，對著電話另一頭的父親高呼。

我歪頭皺眉回頭一看，是一張中東面孔的小夥子。

「這麼早就喝酒了嗎？」我在心裡默念。

「女兒，後面的人在說什麼?!」

「I am her boyfriend!! I am her boyfriend!!」

他還在背後大吼大叫。

「沒說什麼，我在街上，回頭再給你打電話喔～」

掛掉手機後，我朝胡說八道的男人狠狠瞪了一眼，只見他像個欠扁的高中生男孩，看著我跟 Momo 一臉的得意。

不是第一次碰到怪裡怪氣的外國人，剛到布拉格時天氣很冷，又或許當時復活節假期還沒開始，街道並不像今日那般熱鬧。在氣溫三、五度的街道上，我們見不到團客，甚至沒有半個華人，只是偶爾會碰到三三

兩兩的外國人。Momo 還一臉不解地說：「捷克那麼美，為什麼沒遊客呢？」

上一次遇到奇怪的人，是在 CK 小鎮。

那夜我們吃完豬腳準備返回民宿，在遠處就看見一名不住大喊大叫的外籍男子。他身形龐大，體格壯碩，從他高度興奮的語氣中，我們猜想對方應該是喝多了酒。到底神智不清的瘋子比較可怕，還是醉酒的大漢比較恐怖呢？

我們沒有深究這個問題，只見 Momo 十分懼怕面前這個一直朝我們大吼大叫的男人，但我們必須要經過他，那是回民宿的必經之路。

旅客大都不住城堡區，或許是因為住宿環境較為遜色的緣故，所以在我們的周遭都沒有人。偌大的一條石板路，就只有我們兩個小女生。

「躂、躂、躂、躂……」距離那個酒裡酒氣的男人只剩下兩公尺，我明顯感覺到那隻勾著我的手臂愈夾愈緊。

「I love you! I love you!」

「躂、躂、躂、躂……」我感覺到 Momo 的腳步正在加快，她開始拉住我，急促往民宿的位置「走」去。

「I love you! I love you!」

他一直緊盯著我們，會追上來嗎？

一公尺，八十公分、五十公分、三十公分……我們終於繞過了他。

我回頭看他，他依舊坐在教堂前面的階梯上。

「他好像沒有追過來。」我對 Momo 說，但她彷彿沒聽見一樣，繼續把腳步加快。

　　終於到了民宿大門。

　　「I love you! I love you!」那個男人依然沒有停止朝我們的方向大喊大叫。

「開不了……開不了……」因為恐懼而變得慌張的 Momo，花了好一些時間都沒把門打開。

「沒事的，他沒追來。」我試圖讓 Momo 冷靜下來。

Momo 回頭看了一眼那個男人，他依舊緊盯著我們大喊大叫。她被嚇壞了。

她頭一抬，透過大門玻璃看見裡面有一個女住客正在廚房燒水泡茶，於是用力揮動著另一隻手，邊揮邊比手畫腳，企圖告訴那個女人我們有鑰匙，但出了一些問題，希望她能幫忙我們開門。

我也一起招手，但女人看起來卻無動於衷。

是看不見我們嗎？

Momo 著急了，她擔心醉漢會忽然發狂，往我們這邊衝過來。

他身上會有武器嗎？還是會做出更可怕的事情？我們兩個女生跑得了嗎？速度能比對方快嗎？

Momo 開始用力拍門，然後用誇張的手勢向對方展示手上的鑰匙。她終於看過來了，但只是瞥了一眼，很快又繼續低頭慢條斯理地洗杯子。

是想要把手上的事情處理好才來幫我們開門嗎？

她終於把熱水泡好了，還端起手上的杯子向我們走過來……咦？等等，為什麼她沒有停下來？她無視了我們的求救，直接回了房間?!

門開了。Momo 手上的鑰匙終於成功打開了民宿的大門，只見 Momo 怒火沖天地走到女人的房間敲門，門開了。

「你為什麼不幫我們開門?!」

她用普通話回應 Momo：「每個人都有責任帶著鑰匙。」

「我有向你展示我手上的鑰匙，外面有個很恐怖的男人，我們想要趕快回民宿，為什麼你不幫我們開門？」

女人似乎有理解到我們方才的處境，但臉上卻沒有任何一絲變化。

她冷冷地丟下一句話：「不關我事。」

「你好冷漠。」Momo 又氣又失望。

我們只是兩個弱女子，那個醉漢若真要傷害我們，我們兩人加起來八成也沒辦法抵抗得了。

世界上最遠的距離，不是離逃生的出口有多遠，是明明逃生的地方就

在面前，你卻打開不了門。

　　我們回了自己的房間，我背對木門，反手輕輕把門關上。

　　「你沒有必要去罵她。」

　　「我生氣啊。」

　　「事情已經過去了，罵她也沒有用。」

　　比起在異地跟陌生人結怨，我偏向息事寧人。但 Momo 是個率性的女孩，她從來不會掩飾自己的喜惡，喜歡就是喜歡，討厭就是討厭，她不是個會偽裝的女人。

　　「一朝被蛇咬，十年怕井繩」，人的本能，會在遭受傷害以後，產生防禦機制，把自己包裹起來，以此保護自己避免遭受傷害。新聞上有很多「碰瓷」（利用假車禍等手段敲詐勒索的騙徒），可能人們被騙害怕了，又或者因為這個社會，教他們比起幫助別人，更要學會保護自己。

　　我們不了解別人的故事，所以不能隨便指責別人的冷漠；也不能動不動就勸人寬容，如果不寬容，就鄙視別人為狹隘。但當人人因為害怕受騙而從此拒絕對別人伸出援手，那我們的社會還剩下什麼？

舞！舞！舞！
Momo

　　村上春樹有本小說叫《舞‧舞‧舞》，講一段溫暖之愛救贖了死亡。

　　我喜歡生命力頑強的文學作品，就像這本書給我的感覺：舞、舞、舞！不要問為什麼，不要問有何意義，意義本來就不存在。只要舞下去，到生命盡頭。

　　我曾經是個愛跳舞的小女生。

　　我熱愛淺杏色的舞鞋，熱愛陽光穿越練舞桿落在木質地板上，熱愛望著鏡子，踮起腳尖。

　　大概是在高中二年級開始，卻突然生了一種怪病，關節常常會不明所以地疼痛起來。壓力愈大，便愈容易發作，說是風濕，誰聽了都不信，但的確是免疫系統的小問題，治也不知如何治。

　　對於愛跳舞的人來說，真是糟糕透了。

　　那年學校元旦文藝匯演，我們班幾個女生排練了一段漢代水袖舞，因為我們知道，到了高三就要瘋狂溫書學習以備戰高考，再也不可能有時間去跳舞。於是大家把這次表演當作一件很重要的事，自費借了美麗的綠色舞裙、華麗頭飾，

認真研究妝容、舞步……

　　那時每個月都有例行月考，我的高中有個很變態的規定：每次月考的考場安排，是根據上一次月考的全級排名來分配的。也就是說，當你一直在「一號」考場考試，突然這個月成績掉下去，就會跑去「三號」考場。那種眾目睽睽的羞恥感，足以讓人壓力倍增。

　　這時我的關節疼痛又出現了。

　　我永遠記得那個元旦之夜，在劇痛中跳完的那支舞。總共不到三分鐘的表演，我都不知道自己是怎麼撐下來的，只覺得膝蓋不是自己的，腳也不是自己的。但感覺很開心、很開心，彷彿舞到了真的漢朝，彷彿煙花燃到絢爛。那是我刻板的讀書生涯裡，少有的亮色。

但這樣不顧一切的我，已經好陌生了。

這次旅行，我看似漫不經心，但其實做了周密的計畫，PlanA、B、C，萬一累了去哪裡？萬一太貴了去哪裡？萬一⋯⋯好多萬一，夏雪忍不住說：「Momo，你真的好緊張！」

我真的好緊張，擔心安危，擔心夏雪會不喜歡我的安排，擔心趕不上下一班車，擔心行李沒處擺⋯⋯直到我們來到捷克的 CK 小鎮，這裡悠閒的氣氛終於讓我稍稍鬆了口氣。

跟著計畫，我們又去了奧地利的 Hallstatt 小鎮，然後再折返 CK 的最後一日，我們倆精疲力盡。我嘆了口氣，對夏雪說：「其實我也不知道明天要去哪了，我好累。」

夏雪說，那就隨便逛逛啊，就去附近的地方啊。

我嘆氣說，好吧。

於是第二日，我們去了附近的 CB 鎮，卻想不到這裡成為了我最為掛念的地方。

我們一路問路、搭公共巴士，終於來到了 CB 最著名的白鹿城堡（Hluboká Castle）。這兒比想像中荒涼許多，一路往上城堡的那段路，幾乎沒有碰見一個遊客！

當我們氣喘吁吁地爬上山丘，一座雪白壯麗的城堡呈現在面前。實在太驚豔了，好美！

十分鐘後，我們終於知道為什麼這裡沒有遊客了，因為今日是禮拜一，城堡不開門！

傻眼。

辛辛苦苦來到這，竟然不開門。

我好氣自己，如果不是一下子偷懶不做功課，就不會白跑一趟了。看著夏雪失望的神情，我真的覺得十萬個對不起她。

結果她說，沒關係啊，就周圍走走看啊。

我以為在城堡附近走走會很無聊，結果她和我分享了一個在臺中的「假冒古堡」花大錢喝下午茶的故事，逗得我哈哈大笑起來。笑完之後，我收起笑容，（假裝）認真地說，我們還是要好好拍照。來，開始吧。

但是我們面對著這美麗的白色城堡，都不知道該怎麼拍，怎麼拍都會變成「遊客照」。我見四周沒有遊人，於是脫下外套，開始跳起舞來。

這和在電視臺、舞臺上表演跳舞的感覺一點也不一樣！我的身後，可是有著幾百年歷史的城堡，草地上花樹繁花似錦，陽光炫目得像是夢境……恍惚之中，我又變回那個喜歡淺杏色舞鞋的小女生。恍惚之中，那道陽光彷彿穿透了練舞桿，落在木質地板上。恍惚之中，有面鏡子，裡面是笑著看著我跳舞，已在另一個世界的爺爺奶奶。

……就這樣一直舞下去吧。如果人能和過去相遇，如果心能得到釋然，如果人生是一場幻夢，就舞下去吧，不要分現在過去和未來。

直到我突然發現有另一組亞洲面孔的人在不遠處望著我們，我只好立刻羞澀地轉頭，假裝看花。

那群亞洲人大概是個臺灣男藝人的團隊（我實在不知是誰），也是趁著今日無人來拍寫真。男藝人的團隊專業多了，有助理、攝影師、反光板、

經紀人等等，一堆人浩浩蕩蕩經過，假裝完全沒有看見我和夏雪這「超級不專業兩人組」，並且 totally 忽略我們表示友好的微笑臉蛋。

咳咳，我清了清喉嚨：「所以那個看起來很賤的男藝人，到底是誰？」我問夏雪。她也茫然地搖搖頭。

「那就好，我想說……他看起來，很娘耶……」

「是啊！還穿緊身白褲子，救命！」

「還拿著一枝玫瑰！想怎樣！」

哇哈哈哈哈哈哈哈，我們兩人賤賤地大笑起來。

所以說啊，做藝人，隨時都要保持 nice 和親切啊，不然看起來真的很蠢。我總結。

「到我了哦。」夏雪把相機遞給我。這日她穿了一條 vintage 藍色碎花連身裙，不要太好看！和這古堡簡直交相輝映。

公主殿下，我這樣叫她。

皇后殿下，她回應我。

然後在回程的一路上，我們都在假裝自己是公主和皇后，說著白痴對白，比如：

「為什麼你貴為皇后，要搭公共巴士？」

「因為我的僕人今天放假啊。」

「為什麼你的僕人剛才在城堡門口沒有認出你？」

「因為我故意穿得很低調，不想讓他們認出來。」

「但你今天穿全身紅色耶。」

「對啊，很低調啊，有問題嗎？」

走下巴士時，夜晚七點仍然亮亮的天空，我摸了摸腳踝關節，沒有疼，真棒。一直暴走了好幾日都沒有疼呢，看來我變得強壯了。

所以，可以再開始練習跳舞了吧？哈哈。

親臨童話城堡
夏雪

　　有別於布拉格的尖塔建築，這裡更貼近想像中的歐洲。紅色的屋頂、三角形的屋簷、閣樓的小窗戶，都是小時候在動畫中見到的景象及童話故事中的場景。

　　在 CK 小鎮狹小的房間裡，我興奮地從只能打開一半的行李箱中，抽出幾件從英法購回來的古著。「明日我們去城堡，我覺得穿古著會很合適，你要不要挑一件，明日我們一起穿啊？」

　　Momo 依舊很安靜，想了許久，才從裡面翻出一條棗紅色的洋裝，她抓著下裙的裙襬，輕輕搓揉了幾下，然後轉身更衣。

　　我心裡十分雀躍，期待見她照鏡時那張歡喜的笑靨。我喜歡 Momo 手上挑選的棗紅色洋裝，親膚的冰絲布料，配搭衣領上柔軟光滑的水溶蕾絲，設計簡潔，又不如宮廷洋裝般隆重，很適合旅遊穿著，藉古著的味道把自己融入背景。

　　但 Momo 只看了一眼鏡子，便把洋裝換了下來。「我有一套紅色的洋裝，是贊助商的衣服，我打算明天穿它。」

　　「好吧。」我當時不明白 Momo 為什麼沒有選擇它，或許是我的裙子不夠好看吧。

　　我翻出寶石藍的連衣裙，是服裝設計師參考十五、十六世紀服飾做出來的復刻洋裝。我喜歡維多利亞時期的服飾，無論是置身於復古奢華的

布拉格廣場
沒有許願池

精裝房裡面，還是在貴族的後花園，都有一種自帶的優雅和貴氣。

　　白鹿城堡座落於 Hluboká nad Vltavou 的小鎮山上，城堡居高臨下，被四周的森林所包圍。白色六角形柱體的外牆，加上擁有如英國溫莎堡一樣的浪漫建築風格，被公認為捷克最美麗的城堡。

　　我們從 CK 乘坐 Student Agency 巴士直達 CB 小鎮，然後沿著水泥路拾級而上，邊唱歌邊聊天，不時發出「上氣不接下氣」的喘息聲。

　　城堡的大門很漂亮，令我想起尼泊爾巴德崗的窗櫺；城牆上修築數個多稜角的碉堡，上方砌有堞口，把手是史瓦森堡家族奇特的族徽，是男主人隨國王出征，斬獲土耳其人頭顱的紀念，以鳥啄瞎土耳其人眼睛做為標誌。殘忍，剽悍，卻又彰顯著城堡主人的驍勇，家族裡的驍勇戰士更是鹿角代表。

　　正當我們準備推門入內，才發現上面掛著公告的牌子——星期一公休。瞬間晴天霹靂，都氣自己沒有事先了解開放時間，但很快就收拾心情，因為我們發現公休日的好處，就是可以盡情拍照。

　　路上只有三三兩兩的遊客，我們甚至可以拍到白鹿城堡的全貌。當日還有一組攝影小團隊，其中一男一女長相出眾，估計是專程挑公休日來拍攝城堡全景的青年偶像。

　　我們運氣很好，在乾冷的天氣下，終於可以脫下笨重的外套，充沛的陽光照灑下來，令我們臉上的瑕疵在鏡頭下消失得無影無蹤。我忽然自信起來，終於沒有拒絕鏡頭，拍下了許多照片。

　　Momo 見我穿上寶藍色的洋裝，不停誇獎我的穿搭跟背景很般配，宛如置身城堡的公主一般，無疑為我多增添了幾分自信。

　　我喜歡一切看起來華麗、漂亮、有特色的衣服，無論是旗袍、漢服、茶服、古著，又或者和服，我也能勇敢地穿著它們，在街頭上行走。

　　有次和同樣熱愛漢服的友人唐小雨，一起穿了漢服去鹿港逛街。

　　「你看，那裡有兩個韓國女生。」

　　「你們在這附近有表演嗎？」

　　「欸，你看，那邊有人在 cosplay 耶！」

　　除了途經的路人不時對我們指指點點，甚至有路人會要求合照。因為跟別人不一樣，就要有接受別人討論自己的強大心臟。

　　對於穿著，我一直很忠於自己，儘管不止一位朋友對我的穿著給過意

見，連我那個不怎麼開口講話的弟弟，也曾經跟我討論過我的穿著，希望我能跟其他人一樣，衣著低調一些，正常一點。

　　但人生已經有太多無法控制的事情，穿什麼衣服是我可以控制，同時又能夠讓自己感到快樂的事情。如果這件事情做了不會影響別人，而你又會因此感到快樂，為什麼要因為別人的看法，而抑壓自己的興趣和喜好呢？

　　我相信做自己，才是一個人最美麗的樣子。

曾 經 的 古 著 少 女
Momo

想到歐洲，就會想起 vintage，就是「古著」的意思。

曾經有一段時間瘋狂迷戀 vintage，覺得只有舊物才有獨特風味，是現在快時尚無法替代的美感。當時的我甚至開了一家網路商店，專門售賣古著首飾，價格不貴，每一件都是從世界各地淘來的獨一無二物件。

後來因為工作忙，這小店也就沒有時間開下去了，那時賣出的那些首飾們，不知道在新主人那裡過得開心嗎？

學生時代經濟不寬裕，常常跑去香港一間連鎖的二手古著衣商店「美芝」，那裡很多舊衣服都來自日韓。當時那些店家是真的很便宜，一件漂亮的花色襯衣十五元港幣，寬鬆的條紋毛衣三十五元就有交易。我們電影系的學生為了解決演員的服裝問題，也常常跑去那裡淘衣服。

可能是從那時候愛上了古著：在密密麻麻的衣物裡，耐心一件一件翻找，最後找到讓人過目不忘的那一件。手觸摸到那經過時光卻依然柔軟的觸感，就像重逢了一位久違的故人。拿出來仔細端詳有沒有瑕疵，再看一看價格牌，歡天喜地地買走；回到家先泡水，再清洗消毒乾淨後，開開心心穿上，迫不及待地向每一個朋友炫耀購買它的經過。

儘管現在，「美芝」在香港已經少有分店，即使有，價格也並不算美麗。但人也長大了，開始知道最適合自己的裝扮才是最重要的。

記得有次參加一個慈善晚宴，當時剛剛入行的我，對於這樣衣香鬢影

的場合還是有點陌生。請柬上的 Dress Code 是「Hip Hop」，於是我便從衣櫃裡翻出一件寬鬆的古著襯衫，裡面配了運動背心，還戴上古著的大條金色鍊子，去髮型屋認認真真做了一個「街舞辮子頭」，再化了一個韓國街頭少女妝。就這樣自以為搭配得很好地，去了五星級酒店的宴會大堂。

誰知去到那裡才發現，所有女士都穿著高雅貴氣的晚禮服，所謂的「Hip Hop」風格在哪裡？! 我完全傻眼。看著自己不倫不類的裝扮，我也只能低著頭去和朋友會合。當那群西裝革履的朋友們一見到我，一個個眼睛都瞪大了：「你穿的那是什麼鬼！」

「啊就 Hip Hop 啊……」我指著請柬辯解。

他們的臉上現出同情又無奈的表情：「親愛的，這可是 XXXX（某香港知名慈善團體）的週年晚宴，你那件野貓頭像的襯衫到底是怎麼回事！」「還有那件運動背心，你是剛剛做完 gym 嗎？」「你的頭髮……天哪，你竟然真的去弄一個髒辮頭！」

我恍然大悟，原來，「Dress Code」只是說說而已。

更慘的事情發生了，就在我想找地方躲起來的時候，恰好被我們電視臺的記者發現：「Momo！快來一起做個訪問！」身為新人的我不敢躲，只好硬著頭皮，站在一群妝容精緻、高貴動人的女星中間，突兀地強顏歡笑。我的那幾個損友，在鏡頭背後都笑得快要趴在地上了。

那次之後，我開始明白，在大多數場合是不能依照著自己的性子亂穿衣服的。之後的每次類似場合，都乖乖地去租借晚禮服，我知道這樣很

boring，但既然答應了出席，就應該尊重場合。很悲哀但是事實，長大後，女孩不能再到處炫耀自己買的連衣裙是五十元淘來的舊衣服，她們必須穿著世人認可的品牌和流行的款式，才能稱為得體。

而夏雪不同。

我很欣賞她有點「亂穿衣服」的性格，她也很喜歡古著，甚至不惜花高價買來復刻的古著連衣裙。看著她穿在捷克街頭的那條紅色大翻領古著連身裙，我內心暗暗想，哇，其實真的挺好看，可是，我的衣櫃裡已經不可能有這樣的裙子了呢，即使有，也不敢穿上街。

看見我羨豔的樣子，她在 CK 小鎮狹小的房間裡，一件一件把帶來的

古著裙拿出來讓我挑，說要和我一起穿去拍照，就像一個擺弄心愛玩具的小女孩一樣。我疑惑地看著那些款式復古，有點「過時」的裙子，遲疑地套在自己身上，看看鏡子，然後九秒之內脫了下來。

好像真的不合適了，就像媽媽在偷穿女兒的衣服似的。要是以前，我大概也會覺得無所謂，穿著好玩，可是現在，好像無論什麼時候都會在意別人的看法。

「但我們今天去白鹿城堡，要穿得夢幻一點呀！」夏雪說。

「啊……我還是不了……」我的行李箱裡裝滿了日本某品牌最新款的時裝，是為了這次旅行專門選的，一個有點波希米亞風的品牌，因為覺得符合東歐氣氛。

不知什麼時候開始，「在什麼場合穿什麼衣服」成為了我人生信條一般的存在。還記得曾經參加電視臺活動時，以為「只是 casual 就好」的場合，卻發現身邊的女藝人都穿了晚禮服；或者是素顏露著痘痘，穿人字拖去鬧市買東西，剛好碰見鏡頭採訪的時候……那些窘迫的感覺襲來，讓我每穿一件衣服出門，都要左思右想。

最後我還是沒有穿那條古著裙子，當我們到了白鹿城堡，夏雪穿著古著藍色裙子真的很像一個城堡裡的公主，而我卻是一個不折不扣的遊客。雖然最後拍出來的照片還是很美，可心裡卻有點失落。這樣夢幻的城堡，我卻無法用一種真正「波希米亞」的心態去記錄它，儘管穿著最時尚的漂亮時裝，卻好像有點格格不入。

布拉格廣場
沒有許願池

　　離開白鹿城堡，我們回到 CB 城鎮中，準備搭車回 CK 小鎮。在等待太陽落山的時候，坐在 CB 的中央噴泉小廣場，夏雪在和男友打電話，而我一個人漫步在廣場中央。空氣裡瀰漫著周遭店鋪的音樂聲，我忍不住就晃動起了舞步，像小時候一樣。

　　「咔嚓。」

　　夏雪偷偷按下了快門，照片裡，那個穿著紅色衣服的人，就像一個在廣場跳舞的吉普賽女郎，雖然有些羞恥，但是，我很高興。因為終於有某些不經意的瞬間，我沒有再理會別人的看法。

　　那天想起那些被我藏在衣櫃深處的古著衣物，回到香港，一定要把它們拿出來，重見天日吧。

卡夫卡的故居

夏雪

　　我們來到布拉格城堡區黃金巷 No.22 的彩色房子，Momo 故作神祕地問我，是否知道這是什麼地方。

　　我得意地回答：「是卡夫卡的故居啊！」

　　這是一個需要購票入場才能夠進入的巷子（下午五點後免費），如同捷克其他地方，任何東西只要冠上卡夫卡的名字就能成為一門生意。包括他寫作的咖啡廳，他用過餐的餐廳，放了他的雕像的百貨公司，都會成為聲名大噪的景點。

　　傳說黃金巷建於十五世紀，因羅馬帝國國王魯道夫二世篤信點石成金和長生不老之術，於是在城堡旁興建巷弄，安排煉金和煉丹術士在此工作，同時也為王公貴族打造金飾。王宮內女眷身上的金飾，都在這條小巷裡打造，因此稱此巷為 Gold makers Lane，但後來被證實，並沒有煉金術士在這裡居住過。

　　在卡夫卡家庭中，這個內斂的作家始終被看做是一個獨闢蹊徑的人，特別是他的父親，對於兒子的興趣一直沒有給予哪怕一丁點兒的理解。不知是幸還是不幸，卡夫卡之所以能夠沉溺於文學當中，竟與他的父親有莫大的關係。

　　他的父親赫爾曼‧卡夫卡是個成功的商人，早期生活艱難，所以性情

形同暴君。在卡夫卡童年的某一個夜裡，因為吵著要喝水，難忍喧鬧的父親一陣辱罵之後，將他關到陽臺上一整夜，從此對卡夫卡造成了心靈傷害，讓他打從心裡開始畏懼父親。在赫爾曼心中，他認為孩子應該表現得更好，並且應該感恩於他，導致後來卡夫卡一心只想逃離家庭，而且離父親和父親所在的領域愈遠愈好。

卡夫卡一直與父母及三個妹妹同住，但父親的鄙視剝奪了他的創作空間。黃金巷 22 號於一九一六年十一月被他的妹妹奧特拉租下來，做為週末約會用途，後來被卡夫卡當成工作室。他會在傍晚下班後帶著簡單的晚餐直奔黃金巷，寫作至深夜，然後趁著月色走回父母的家，直到一九一七年四月，奧特拉退租為止。

在這個狹小的房間裡，卡夫卡默默完成了當時不為人知的作品《鄉村醫生》和《致科學院的報告》。

十九世紀後，王室沒落，地坪約二至六坪的房子和狹窄簡陋的小巷逐漸變成貧民聚集處。在二次大戰以前，這裡一直都有人居住，直到二十世紀中期才重新規劃，將原本的房舍改為小店家，變成現在的紀念品和手工藝品小商店，如 16 號的木製玩具、20 號的錫製布拉格小士兵、21 號的手繪衣服。

我成長於健全家庭，但父親在離家很遠的地方工作，五歲以前，父親一個月才回家一趟。我如同其他單親家庭的孩子，一直期待能夠得到父親的擁抱、傾聽和溫柔的愛。小時候不懂那是一種怎麼樣的情感，只知

道每到父親回家的日子，在差不多的時間，我就會抬出來一張小椅子，懷裡再抱著洗好的拖鞋，安靜地坐在透天厝的門前，等候從遠方歸來的父親。

後來父親改在批發商工作，上班的地方，距離家裡只有三十分鐘的步程。我跟姐姐週末沒有娛樂，時常會去父親工作的地方探班，因為父親工作的附近有家文具批發店，所以父親會讓我跟姐姐一起去挑文具，挑好了再讓他過去結帳。

家裡沒有發零用錢的習慣，當知道可以隨心所欲地挑選文具，對我跟姐姐就像是哆啦A夢說可以實現你的任何願望。那時候的願望是多麼純粹，就是想要好看的筆、可愛的本子而已。忘記那次姐姐為什麼沒有同行，只剩我獨自去找父親用午餐。我想買有美樂蒂（My Melody）圖案的五色筆和筆記本，在等候跟父親一起用膳的空檔，如常跑到附近的文具店挑選文具，大概挑了三枝筆、兩本筆記本，還有一些做飾品用的珠子，準備回家給自己做頭飾。

我回到父親工作的地方，看到老闆娘坐在椅子上看報紙，於是也找了一張椅子，坐了上去。

時間一分一秒地從指間流走，仍然不見父親的身影。

我決定出去找父親，不想才踏出店門，就看到父親的背影。那個背影，時至今日仍然難以忘懷。

我看到父親肩上扛著兩個大箱子，身子向左微傾，顯出努力的樣子，沾滿汗水的襯衫緊緊黏著父親瘦弱的身軀，艱難地爬著樓梯。忽然醒覺，

最近家中不時傳來一股老人的味道，原來那是父親身上的藥酒。我不禁簌簌地流下眼淚，怕他看見，也怕別人看見，便轉身離去。

從沒見過他那麼蒼老疲憊的樣子，我知道他為了這個家，內心放棄了一些東西。當我抱怨自己缺乏父愛的同時，父親原來在我看不見的地方，一直默默為家人奮鬥。我們總是只看得見眼睛所看到的事物，卻很少用心去感受眼睛看不見的付出。難怪著名童書《小王子》會說：「人只有用自己的心才能看清事物，真正重要的東西是眼睛看不到的。」

在卡夫卡的小說中，布拉格是座沒有記憶的城市，甚至忘記了自己的名字。因為處在身不由己的地理位置，這塊土地與人民不得不背載著過多沉重與哀痛的歷史，而當我們掀開童話的表象後，發現鐵與血才是捷克的真實面貌。

等我把情緒平伏下來時，父親已換好乾淨的衣服，坐在店裡等我。

「你跑去哪裡了？來，我跟你一起去付買文具的錢。」父親站了起來，快步走在我的跟前。

但我一點也沒有跟上去的意思。「我沒挑到。」我說。

「沒挑到？」

「嗯，我想起家裡還有，可以不用買。」

父親想了想，把剛掏出來的錢重新放回口袋。「那好吧，有需要再跟我說。」

為了自己的家庭，他不辭勞苦地用心工作，除了充當營業員，還包辦送貨、廚子跟各種勞力。父親像雜工一樣，包辦了幾個人的工作量，幸

好老闆娘是個好人，付的薪水差不多等於雇用兩個員工。老闆娘經常在我們面前誇獎父親，誇獎他勤勞務實、做事用心。

那年生日，我帶爸媽到大阪旅行，做為感謝母親當年生我的禮物。旅行團的自由時間，我陪父親去看他想看的運動鞋，手機沒有網路又不懂日語的父親，沿路一直緊緊跟著我，生怕失散在陌生的國度，「弄丟了自己」。我時而挽臂膀，時而牽著他的手趕路，幾十年來幾乎沒有肢體接觸的我們，全程自然得就像日常我們就如此親近一樣。沒想到過了那麼多年，盼了那麼多年的父愛，今日竟然如獲至寶。事後再次回想這個畫面，依然感動到生出雞皮疙瘩。

當察覺到我們頭一次如此親近的時候，我回頭去看父親的表情，看著他一臉神情自若，我便想，如果小時候你也能像我今天牽你一樣，牽著我一起走過我的青春，那該多好。也許我也能多像你一些，今天也會更親近一些。

他總是安靜地做自己的事情，從不主動和子女交流，每次飯後就像個剛過門的新娘，把自己關在房間裡，獨自和電視機相對。但我要的，是他會像母親一樣地關心我們，嘗試理解我們的想法，用做為男性的堅毅和經驗，教我們如何面對生活上的挫折，而不是把關懷孩子的部分，全然丟給母親。除了母親的關愛，做為孩子的我們，同時也需要父親的關愛。

當我仍然留在原生家庭的時候，我無法從生活感受到父親對孩子的愛，但當我離開了成長地，旅居於臺灣之後，卻拉近了我和父親之間的距離。

布拉格廣場
沒有許願池

父親漸漸變得願意表達他對女兒的愛，會主動撥打電話給我，表達他思念遠方的女兒，盼望我能早日回家。跟終其一生也無法獲得父親理解的卡夫卡，我無疑還是掌握了更多的幸福。

如果當時卡夫卡的父親能夠理解卡夫卡，卡夫卡便不至於如此自卑、沉默、悲傷與自責；對婚姻不自信，對自己不自信，對作品也不自信。

鏡頭裡的你

Momo

　　兩個女生一起旅行，怎麼可能不拍照？

　　這次本來我也想帶上單眼相機，但考慮到安全因素，我們決定只帶夏雪的一部相機，兩人一起守護。結果，這部相機被我們幾日之內折磨得連快門都慢了半秒。

　　沒辦法，CK 小鎮實在太好拍了，色彩斑斕的小屋，石板街道，壯麗的城堡，圍著城堡的溪流……雖然天氣不似預期溫暖，我們帶的漂亮衣服很多都穿不了，每天只能裹著同一件厚外套，但一點也不妨礙我們每天每時每刻狂拍。

　　其實從小就不是一個愛拍照的人，寧願花時間去玩玩逛逛，也不想像公仔一樣傻傻地被父母擺弄拍照。長大後做了藝人，每天都要面對鏡頭，但也總不知道該怎麼笑才好看。也許和攝影師是誰有關係吧，被陌生人拍照，讓我覺得很拘謹。

　　我想，可能每個女生都經歷過拍照沒有自信的時期吧，我的臉型不是「上鏡臉」，剛剛開始當演員的時候，看見拍戲時的重播，經常心裡有種「這個角度好醜，好想死」的哀號，但臉上也不能表現出來，其實自信心早就跌到谷底。後來接觸到愈來愈多出名的演員，發現這種自卑心態其實在娛樂圈一日，就永遠不會消失。即使再美的女演員也有自卑的週期，更何況我們每天都要做出不同的扮相、不同年代的角色的形象……

怎麼可能有人隨便什麼髮型都美嘛。

明白了這一點，我的心態便好了很多。只要接受自己不是三百六十度無死角美女，那總有一度、兩度、十度是美的吧，於是拍照來說，只要在一千張裡面選出一張，那就是一種成功。

曾經和男友去旅行，叫男友拍照簡直像是逼良為娼，而且男生永遠能拍出你最醜的一面：短腿、大臉、表情奇怪……看見這樣的照片心裡很想罵人，但是臉上還是要笑笑，因為你要是抱怨，大爺他下次可就不拍了呢。

好在，這次我的旅伴是位好脾氣、有藝術感的女孩兒夏雪，她真的很會拍。會拍的意思是，她知道你怎麼樣好看、什麼角度不好看。我一直沒有這種能力，對自己當然了解，但面對一個全新的拍攝對象，我只會注意到構圖和光影，卻搞不懂模特兒哪個角度的臉才是最好看的。

後來看夏雪的文章，她說自己一直對外貌有些自卑，所以會很在意在鏡頭裡呈現的樣子。難怪我在幫她拍照的時候，她回看照片總是面露難色，我很挫敗，感覺自己一直沒做好攝影師。女孩們你們懂的，當對方給你拍十張，裡面有一半能用，而你給對方拍，卻只有一張勉強過關，感覺就很……內疚。

我心想，不行，這次旅行我一定要拍好夏雪，讓她留下好看的回憶。

那天早上在 CK 小鎮，準備起床時，我看見陽光剛好穿透淺藍色的窗簾，灑在半醒的夏雪身上，眼前的畫面真好看，於是端起相機就一陣狂拍。

那個早晨，我們餓著肚子沒吃早餐也沒洗漱化妝，而是拍了很多「豔照」，哈哈哈，這些照片換作其他攝影師來拍，一定害羞得要命，也不可能呈現出自然慵懶的狀態。閨密「豔照」並不是賣弄性感，甚至完全素顏，但是適當的光影、適當的睡意、適當的嬌嗲，還有絕對的信任，就會呈現出攝影棚也不可能有的效果呢。

「這個可以 po 嗎？」夏雪問我，我看著照片裡幾乎全裸的背部，尷尬得要命。「還是……不要吧……」

「其實我覺得很好看耶！真的！」夏雪笑嘻嘻地說。

「哎呀，不要啦不要啦！」我連忙擺手。一直以來，在 IG 上我都不敢 po 什麼厲害的照片，大概是骨子裡的害羞基因使然，身為藝人，真是「不稱職」。

「po 嘛 po 嘛 po 嘛！」夏雪在我耳邊念了整整一天。

「好啦！」我被她念煩了，「po 就 po ！」然後我的手一按，照片就 po 出去了。「可以了嗎?! 晚餐吃什麼?!」

吃完晚餐後，睡前看了一眼 IG，哇，真的很多 like 耶。

感覺，還滿好的嘛……不然以後……我看了眼夏雪，她就是御用攝影師了吧，哈哈哈。

回到香港之後，我看見夏雪的社交平臺 po 了很多我給她拍的照片，「你也是很好的攝影師呀！」她說。

「真的嗎真的嗎？」

「真的呀，進步很大！」

　　被人誇拍照厲害感覺也很好啊，原來，和女生朋友一起旅行、拍照，可以收穫雙倍爽感呢！

　　曾經聽過一個「鏡子理論」，就是說人照鏡子的時候，人眼會自動放大漂亮的地方，忽視瑕疵。而攝影鏡頭卻非常誠實，尤其電視螢幕，還會把你的臉再拉寬一兩倍。所以，我們要學學「鏡子理論」，或者直接把同行的旅伴當成彼此的鏡子好了，這樣的話，你在對方眼中永遠都是漂漂亮亮的了。

吸引力法則：當我們不再關注身邊所發生的事物時……
夏雪

　　從車站到小鎮，沿途會經過一段頗長的石頭路，要在凹凸不平的石頭路上拖拉行李箱，是件很吃力的事情。套在行李桿上的中型行李袋，大概每三分鐘就會從行李桿甩下來一次，一路上半拉半拖，畫面極為狼狽。

　　「啪」的一聲，行李袋再一次把行李桿下壓到從我的右手飛脫出去，有對小情侶把頭轉了過來，指了指我，然後又繼續往前走。我有點尷尬，只好繼續裝作若無其事。

　　可惜 CK 沒有 Uber，否則我們就不用如此痛苦（後來發現可以電召計程車）。

　　許多人來到 CK 小鎮，都是到此一遊，匆匆來去。或許是因為這裡景點集中，或許是因為石頭路行李不好拉提，又或者是因為住宿環境較為遜色，很多人會將 CK 列為當天往返的行程。於是你會見到傍晚清幽冷肅的 CK，也能看到白天布滿遊客的 CK。無論走到哪裡，照相也要排隊輪候，偶然遇到部分自私的遊客，還會一直強占著「海景第一排」，拍了十幾分鐘依然不願意離開。

　　旅行的時候我喜歡看人。我們在 CK 住了幾晚，行程自然比較不那麼緊張，記得後來我們散著步，經過黑死病紀念柱，穿過市政廣場，經過理髮師橋，跨過伏爾塔瓦河，繞過彩繪塔，慢慢走到遠離人群的區域。當走到離景區較遠的觀景臺時，見到有對外籍小情侶倚靠在城牆的角落

卿卿我我，情到濃時，更忘形地接起吻來。

　　漂亮的男女主角在我面前築成一個浪漫的氛圍，就像看歐美電影裡面的動人畫面。忽然有股衝動，想把眼前這個時刻拍下來，將這個珍貴的畫面送給他們。但隨即想到肖像權的問題，擔心照片還沒送出去，就被男主角衝過來亂揍一頓，於是便打消了這個念頭。

　　記得那次去倫敦，我拖著一個大行李箱，剛從 Underground 走出來，便見到一個穿著帥氣的老人，獨自坐在噴水池的邊上。雖然他什麼都沒做，只是坐在那裡，靜靜地望著遠方發呆，但看起來很孤單。不知道為什麼，我覺得他身上好有故事感，便下意識舉起相機，把眼前的畫面拍了下來。

　　對方像隻受驚的刺蝟，瞬間武裝起來，就差鼻子沒有發出嘶嘶的噴氣聲。或許他只是看到鏡頭剛好朝著他的方向，但靈敏的他還是立刻暴跳起來，嗆喝我是不是正在拍他。我慌張了，立刻把照片刪掉，然後假裝只是拍風景，並沒有拍到他。對方不相信，竟然拔腿就追，我嚇死了，立刻拉著行李往回跑，一邊跑一邊道歉，「對不起，我不知道不能拍，照片我已經刪掉了，請不要生氣。」記得我跑了很久很久，當我回過頭時，那個老人已經不見了。後來，我再也不敢在沒徵得對方同意時，偷拍路上的陌生人。

　　我喜歡觀察人，我們可以從仔細的觀察中，讀到一個又一個的故事。

　　有次在火車站，見到一個阿嬤躺在角落，她像是有備而來似的，地上

鋪了一條毛毯，身上蓋了一件外套。我看了有點心酸，走去便利商店買了一瓶水和一個便當，然後回到阿嬤躺的角落。本來想放下了就走，但又擔心悄悄放在一邊，阿嬤會不敢吃，於是便鼓起勇氣跟阿嬤說：「我多買了便當跟水，希望你能收下。」我怕接下來的氣氛會尷尬，見她沒反應，於是講完便轉身離開，沒想阿嬤忽然開口講話。

「有血緣關係的人不相往來最是可悲，是把我當陌生人了。」阿嬤用閩南話說出的這話，聽起來，更像是對著空氣悲嘆。我猜想阿嬤也許是被家人拋棄了，迫不得已才睡在這裡。我把身子轉過去，阿嬤伸出她的左手，想要抓住我一樣。我猶豫了一下，決定蹲下身子，輕輕抓著阿嬤那雙布滿歲月痕跡的手。

我望著阿嬤一臉慈愛滄桑，臉上條條皺紋，好像一波三折的往事。這是一位慈祥的老人，頭髮梳得十分認真，沒有一絲凌亂，可那一根根銀絲一般的白髮，還是在黑髮中清晰可見，根根銀髮，半遮半掩，若隱若現。微微下陷的眼窩裡，一雙深褐色的眼眸，悄悄地訴說著歲月的滄桑。

阿嬤不停對我傾訴著同一件事情，我想，她只是想對我訴說她的寂寞，說出這老年痴呆般不斷迴旋的話語吧。

那年夏天，我和朋友一起在上海《萌芽》雜誌當實習生，當我走在地下鐵，往巨鹿路 675 號的方向走時，赫然聽見一聲巨響，我回頭一望，見到一個年輕小夥子躺在血泊之中，像昏迷似的，一動不動。因為我用的是網路卡，沒辦法撥打 110，擔心大家只管看熱鬧，沒人召喚救護車，於是不停哀求身旁的人，「快打 110……現在就打……拜託！」身旁的人

好像被嚇到了，整個人愣住，一無所動，於是我又轉身去哀求別人，那人似乎看到我很慌張，於是不停安慰我：「打了，後面那位小姐已經打了，不用擔心。」

但我仍然很焦急，不住地東張西望，然後每過五秒就問一次：「真的打了嗎？為什麼救護車還沒來？」

「救護車要來也是需要點時間，小姐不用太擔心。」

來了，等了五分鐘，救護車終於來了。見到年輕人被抬上救護車，這才鬆下一口氣。

我們每個人都可能遇到需要救助的時候，如果大家只專注低頭看手機，又或者對身邊一切事物都漠不關心時，便會錯失很多重要的東西。

或許你從來沒想過在離家幾步的地方，會有孤苦的老人睡在角落裡，或許你會匆匆離去，又或許你會停下腳步，思考勞動者今天有沒有吃東西。

我們每天都會面對很多問題，為了解決發生在自己身上或親人朋友間的事情或瑣碎，已令我們變得對那些苦難習以為常。但當我們忽略周遭的事物時，到底又犧牲了什麼洞見、理解和同理心？我們甚至可能因此錯失需要緊急救助的人，錯失了一道美麗的風景、一個有趣的故事，也可能是一段珍貴的緣分。

如夢 ▌ 感謝那些傷害，我們
已能看見最好的風景

雪落之聲
Momo

誰說，雪落時是無聲的？

我不止一次聽過雪的聲音，「簌簌」的，像一種安靜的消音器，能讓我睡得很好。如果說有人是「出門落雨」體質，那麼我一定是「出門落雪」體質。記得去不同地方，總能遇見當地冬天也不常遇見的雪天，大概是前世吃多了雪糕吧（:P）

果然，在去奧地利的那日清晨，氣溫新低，民宿外飄起了雪花。

「又是如此。」我心想。

夏雪很興奮，她第一次見飄雪。我們衝出民宿，看著細雪中的CK小鎮。真美啊，清晨無人的古鎮，細雪飄揚，真像一場夢。細雪落在髮絲上，冰涼柔弱，我知道這雪不會持續到中午，很快會被熱度變成雨水。這四月中一期一會的細雪，實在是一場幻夢。

果然在去奧地利的途中，穿過捷克邊境濃密的樹林時，細雪變成雨點灑在車窗上。然後，細雨也消失，樹林裡湧起濃霧，車子像是行走在迷宮裡，前方的路影影綽綽，看不清楚。

我有些擔心，看了看司機，他也一臉嚴肅地盯著前方，在迷霧中熟練地左拐右轉。

夏雪有個特異功能：任何時候都能睡著。果然，我看著前座已經開始瘋狂釣魚的她，忍不住笑了出來。想不到這次和她經歷了春季之雪，想

想還挺浪漫的。

看著窗外白茫茫一片，我想起一場令人印象深刻的雪。

那時在韓國和男友自駕遊，一路沿江原道的河流溯流而上，一旁是靠近北朝鮮的茂密樹林，林中充滿積雪，千山鳥飛絕。

那日，本來我們打算連夜駕車回首爾過聖誕，卻在途中突然颳起了巨大風雪。風雪猝不及防，一開始只是風捲著雪花，後來慢慢變成狂風夾著雪花，如同子彈一般打向前擋風玻璃。

「Momo，我覺得我們不能再繼續走了。」男友說。車子在風雪裡舉步維艱，放眼前路，只看見白茫茫一片，如同世界末日一般。

「那怎麼辦？」我有些害怕。

「我們先等等，等風雪小一點，再往前開一會，前面有村子可以住宿。」他看著手機，眉頭也緊鎖起來。

我們熄了火，感受著車裡的暖氣一點一點消失，在微弱的路燈下，只能見著前面一小塊空間。那一小塊被照亮的風雪彷彿是玻璃球裡的飛雪世界，非現實一般，只是那伴隨著的巨大「呼呼」風聲，讓一切沉重而真實。

也不知道過了多久，就這樣看著風雪。許久，他打了無數通電話後，終於開動車子，向手機上一個小小的亮點開去。那是一家不算太遠的民宿，所幸民宿主人尚未入睡，且還有空置房間。我們在風雪中慢慢前行，一邊是雪山，一邊是結冰的河流。短短的路走了很久很久，最後，終於在黑漆漆、白茫茫中，看見幾點暖色燈光……

　　那是我睡得最沉的一夜，窗外風雪呼嘯，我們在山中，像兩個被世界遺忘的人。

　　第二日醒來，積雪已經蓋住車輪，結冰的河流就在窗外，被陽光反射出流光。聖誕快樂。

　　這裡卻聽不到華麗聖歌，只有一縷暖煙，從煙囪冒向廣闊天地。

　　在深山之中，我想，再多驚心動魄的戀愛經歷，也不及一個平靜清晨。

　　記得東野圭吾有本小說寫，這世界上最純粹的黑與白是什麼樣的？我會說，是黑夜裡的風雪。當時唯一能依靠的，只有自己，和身邊的你。

　　此時，窗外密林中濃霧漸漸散去，視野開闊起來，帥帥的司機回頭說：「We will arrive soon!」他衝著我們笑笑，年輕的臉龐帶著一絲靦腆和開心。

　　前面夏雪還在呼呼大睡，我也在發呆。

　　待我望向窗外，看見細雨亦消失，天地間只有純粹的湖泊與雪山。

　　一場雪，一場夢。

　　等一會到了，和夏雪吃頓跨境早午餐，慶祝一下這場意外之雪吧。

登山徑上的雲霄飛車
夏雪

　　空中飄著雪花，像輕盈的白羽毛，像吹落的梨花瓣，零零落落。輕盈的身體，讓它們在空中隨風飄舞之後，最終雪落無聲。

　　壓根沒想到竟然會在捷克碰到下雪，天氣預報不是說溫度大概十八、十九度嗎？怎麼四月還下雪了？

　　我和 Momo 一起跑出民宿，任由雪花掉落在我們的頭上、臉上、身體上。我伸手去接，忍不住在心中驚嘆，這就是雪花，想了這麼久，追了這麼久，盼了這麼久，它現在就躺在我的手心上，冰冰涼涼，很快就化成雪水然後驟然消失。

　　雪景總是浪漫的，而浪漫的時節總是適合擁抱愛情。 我心裡一直期盼哪天能跟戀人牽手一起伸手迎接雪花，一起在雪地漫步，一起打雪仗。這樣想著，思緒便慢慢飄到幾年前跟戀人一起到北海道看雪的情境……

　　第二天是我的生日，男朋友約我去機場看 IMAX 4D 電影，說要陪我看一場我喜歡的電影。我偷滑了一下手機的電影 App，找找到底是哪部「我喜歡的電影」。

　　坐了一個半小時公車到了機場，卻見到他拿著一個小小行李袋，說：「來，帶你去看雪。」原來，他偷偷隱瞞著我，買了飛往北海道的機票。多麼浪漫的橋段，一直以為只會出現在電視電影裡面的情節，竟然發生

在我身上。

北海道很冷，我們入住了一家溫泉旅館，但那裡沒有雪。我們問旅館的工作人員，知不知道哪天會下雪，工作人員說，那裡還不夠冷，要上山才比較有機會。

我難免有點失望，但還是努力向男朋友擠出一個笑容，說只要是在一起，去哪裡也沒關係，但當時的男朋友卻說：「既然山上會下雪，那我們就上山去。」

我喜出望外，卻又不敢抱太大的期望。

第二天清晨，我們便沿著指示，一直往上山的方向走去，中間還坐了纜車，沿途風景很秀麗，我興奮地拍拍對方的肩膀，想跟他分享我內心的雀躍，只見怕高的男朋友把眼睛閉起來。他說不敢看，怕看了會腳軟。我笑了笑，沒有勉強。

下了纜車我們沒有繞進景點，而是繼續往上走。那是一條登山徑，但路上沒有別人，沿途一直只有我們倆，我說要不我們回去，這樣不安全。

但男朋友堅持要帶我去看雪，我們愈爬愈高，大概走了兩個小時左右，開始看到結冰的欄杆和結霜的樹木，葉子上覆蓋著一層薄薄的冰，看起來很脆弱，能夠很輕易地完整取下。我說這可能是昨晚下的雪，今天該是看不到了，我們回去吧。男朋友有點不願意，他知道我一直想要跟戀人一起看雪，想要在我生日這天送我這份珍貴的禮物。我搖搖頭，說：「沒關係的，以後還會有機會的。」

他遲疑了一下，忽然蹲下身子，讓我抱住他的肩膀，我抓穩了，他忽

然跑起來，在無人的登山徑上一時往上衝，一時往下跑，「那我就讓你坐一趟冰山上的雲霄飛車。」

我望著結冰的大樹在身邊呼嘯而過，雖然刺激度比不上真正的雲霄飛車，但風景卻是最美的。事實上，很多時候事情的結果並不重要，重要的是當事人的心意。

我俯伏在對方的肩上，輕聲地在背上呢喃細語：「這樣就很好了，真的。」

在去奧地利的途中，車子穿過捷克邊境濃密的樹林，我望著眼前的細雪打在司機前面的擋風玻璃上，慢慢變成雨點。我的眼睛，也隨著車子的晃動而慢慢闔起來。

在夢中，我見到自己跟當時的男朋友一起在雪地上打雪仗，堆雪人，我們笑得像無憂無慮的孩子，就像我們剛剛在一起時的模樣。日子簡單而單純，純粹而可貴。

不是天生公主
Momo

聽到夏雪獨自在英國旅行的故事，我深有感觸。

我們都不是天生做公主的人。

在 Hallstatt 時，夏雪生理期不舒服，一路上我就不自覺地照顧了她，這也是身為旅伴應該做的，結果她最後就真的很深情地對我道謝，反倒讓我有點不好意思。

其實我確實算是一個很獨立的人，儘管遇到事情會心急暴躁，但是內心好像還是足夠強大去處理突發問題。

記得大學時在臺灣做交換學生，因為很多同學課程時間不同，我只能捉住自己的時間，一有空便上路，獨自一個人去過拉拉山看神木，去綠島騎單車，去臺中吃豬腳，去太魯閣看風景……

還記得有次在日月潭，到了夜晚才發現自己沒訂成旅館，而現場訂的價格實在高到嚇人，當時我還是學生，不想旅費超過預算。天色晚了，已經沒車回臺北了，只好在遊客中心坐了一晚，借著微弱的燈光看完了一整本《諾桑覺寺》，第二天搭車回臺北，才在車上睡到昏迷。

還有一次，一個人搭深夜客車回到臺北車站，當時已經沒有捷運回文山，身上又剛好不夠現金搭不了計程車。就在沮喪得想哭時，旁邊有位機車小哥哥說他也住文山附近，當時看他覺得是好人，就上了他的機車。後來他真的把我送到政大女生宿舍，我堅持要拿給他車費，他卻怎樣也

不肯，我說「不如交換電話，我請你吃飯」，他也不肯（連電話號碼也不肯給是怎樣啦），就匆匆走了。

事後我和家人說起這事，大家都驚訝，這樣你也敢？小心你的小命。

記得那晚下了小雨，我坐在機車後座，因為不好意思碰他的腰，只好緊緊抓著他的雨衣，雨水都被擋住了，打不到我身上。那一刻，我覺得很內疚，我是不是不該再任性地獨自出遊，給陌生人帶來麻煩了？我是不是也不該冒險，讓家人擔心了？

大學畢業後，就真的沒有獨自旅行過。

爸爸是超音波醫生，他給我照五臟六腑時，看見我的膽曾經誇張地大叫一聲：「哇，你的膽好大一顆！」是的，從小我就膽子大，一個人在暑假跑出門玩，一個人上山下海，傍晚才跑回家假裝乖乖女。

但人長大了，原來真的會怕死。其實怕的不是死，怕的是家人的擔心。

就因為這樣，和夏雪在一起時，總是會忍不住擔心這擔心那，我很怕自己膽子一大，衝動地跑去什麼危險境地，也連累了夏雪。

即使，內心深處，也很想被人照顧，想被人安排好所有行程，舒舒服服地只管吃喝拍照。但我知道，誰也沒有責任照顧你，即使是男友，他也沒有責任處處把你照顧得妥妥當當，這好像是我從小就懂的道理。

媽媽好像從小就和我說：「你呀，現在有爸媽照顧你，出去了誰會照顧你？」後來長大了，她又說：「你呀，適當時要示弱，讓別人讓著你，要嬌氣一點，懂嗎？」

我真想苦笑，怎麼都是你對。

　　可能做媽媽的，都希望自己的女兒能成為公主吧，被人疼被人愛。可是媽媽呀，到了社會上，除了自己，真的沒有人把你當成公主。即使是那些所謂的追求者，他們口中的追捧也只是一時。喜愛你的粉絲，也是因為你的某種獨特性格而喜歡你，並不是因為你是公主啊。

　　進了娛樂圈之後，我還是一樣，不愛用名牌，不愛要求這個那個，媽媽總「嫌棄」我，你啊，可不可以把自己打扮得「貴氣」一點？我老老實實說，啊我的工資就不多啊，怎麼「貴氣」？

　　其實每次開工，我都記得第一天上藝人訓練班課程時，老師鄭丹瑞跟我們說的：「只許早到，不許遲到。」類似這樣的紀律，每一條時刻都在腦海裡。記者拍大合照時，我會主動讓位置給比較資深的前輩，儘管他們總是很體貼地把我推到前面，我卻覺得不該站在那個位置……可能我的性格，真的不適合娛樂圈吧。

　　這樣的女孩，值得站在鎂光燈下嗎？我也時常思考這個問題，到現在還沒有答案。

　　所以，不是在為自己說好話，只是想和大家商量一下：

　　這世界上有太多自認為公主的女孩，她們享受追捧，也自命不凡，這份自信固然讓人著迷，可是，若你看見旁邊那個主動讓出舞臺中央位置的女孩，或是那個默默做完事情，卻從不邀功的女孩。請你拍拍她的肩膀，對她笑笑，對她好一點，可以嗎？

　　她從不認為自己是公主，但，我覺得她比公主還要可愛。

來 自 天 堂 的 明 信 片

夏雪

　　Hallstatt（哈修塔特）因產鹽而聞名，坐擁清澈湖畔，連綿群山，有「來自天堂的明信片」的稱號。

　　村莊不大，大概步行二十分鐘就能抵達主要景點。除了鹽礦，還有高薩湖和五指山，對岸 Dachstein 山上的冰洞都是值得一去的景點。這個跟明信片上一樣的景象讓人目不轉睛，時間好像靜止了一樣。

　　就算沒有躺在世界遺產裡的民宿過夜，但只是在世界遺產裡的湖邊餐廳吃薯條喝花茶，被山和湖水擁抱，不管做什麼都覺得好詩情畫意。

　　我們在 Hallstatt Lahn 下車，這個廣場也是大多數觀光遊覽團下車的地方，在下車的前方，有個展望臺可以欣賞 Hallstatt 的湖畔美景。

　　那是生理期的第二天，逛到一半，肚子開始不舒服，於是走到咖啡店，表示願意支付一杯咖啡的錢來跟他們交換一杯熱水，但被拒絕了。

　　Hallstatt Lahn 對面有間「SPAR」。整個村莊有兩間超市，這是其中一家，販賣著各式民生用品與生鮮蔬果，想買奧地利零食當伴手禮也都可以在這裡搜購，只是超市很早關門。下午四點，等到我們想要購買常溫水時，已經吃了閉門羹，於是 Momo 提議去餐廳喝花茶，雖名為茶，但不含咖啡因及茶鹼。我們在餐廳點了花茶和蛋糕，期間遇到 Momo 的粉絲，還收到餐廳送給我們的兩瓶 Hallstatt 空氣。

　　Hallstatt 是產鹽的村莊，有很多小店販賣各式各樣的鹽巴，蔡先生是名

廚師，時常會用到不同的調味料，於是我買了很多鹽，大概有二十多份。
本來還想扛一個鹽燈，但 Momo 提醒我鹽燈必須手提過境，在這之前我
已經買了很多 Botanicus（菠丹妮）跟 Manufaktura（蔓菲蘿）的商品，
擔心我應付不來。我考慮了半分鐘，打消了念頭，但還沒回到臺灣我就
後悔了。

　　鹽燈是天然的燈飾，它不只具有燈飾的功能，還另外兼具欣賞的藝術
價值。鹽燈經燈泡散發出柔和的光波，光波能舒緩情緒達到安定心寧的
效果，傳說鹽燈可以守護全家人的健康與心靈的和平喜悅，也是開運招
財的好選擇。更何況，Hallstatt 的鹽燈賣得很便宜。

　　Momo 背了一個後背包，她見我提了很多鹽，主動提出放到她的背包
裡。我放了一半，說塞不進去了，剩下的我自己手提。Momo 想了一下，
點點頭，說好。

　　我望著 Momo，覺得她像我的姐姐，我好久沒像這樣被照顧了。

　　在現實生活中，我有一個姐姐，她是個擁有一顆少女心的女人，內心
住著一位小女孩，是個開朗活潑的孩子。跟她一起出門，大都是我照顧
她，因此總被誤以為她是妹妹，我是姐姐。對於我來說，從來不會因為
別人覺得我比姐姐年長而生氣。在我小的時候，我只能夠跟在姐姐的背
後一起出門，我渴望著長大，渴望著獨立，對於被看做是一名較成熟的
孩子，我一點也不覺得討厭。

　　我跟姐姐之間的關係有點特別，曾經相親相愛，也曾經相恨相殺。

　　有日姐姐說她也想要移居臺灣，我說來吧，但你必須做好全盤計畫，要想到了臺灣到底要靠什麼為生。滿城的咖啡香與巷弄書香，脫離緊急和急速的節奏，慢生活與人情味的確很吸引香港人。而且在臺灣，無論是創業還是想實現夢想，也比香港多了一點點可能。但臺灣的法規對於新住民並沒有很友善，就算找到公司聘請你，薪水也會比香港低很多，你必須要考慮清楚喔。

　　姐姐說她也可以跟我一樣靠著寫作為生，她只是不寫而已，如果她寫，機會根本不會輪到我。我當時聽了心裡很難過，覺得姐姐就算不認同我，也沒必要這樣子攻擊我，但後來我想到當作家一直是姐姐的夢想，現在我做了她想做的事情，她心裡難免會五味雜陳。有時候我會想，當作家的人，應該是她才對。

　　要比學業成績、寫作能力，姐姐一直比我優秀，她得過很多獎，也一直是學校的風雲人物。如果出版社只能簽一位作者，而且只能從我和姐姐之間選一個，那應該選姐姐才對。我比她占優勢的地方，大抵就是我更多了點決心、勇氣和運氣吧。所以我想，就算你不是最優秀的一個，但憑藉決心、勇氣和運氣，你就有機會完成不可能的夢想吧。

　　有一日我跟姐姐說：「姐姐，我要結婚了。」電話的另一頭很安靜，然後聽到姐姐以故作輕鬆的口吻說：「我得好好地感謝那個傢伙，他把我的妹妹娶走了，以後我終於可以完完全全地獨占房間了。」

　　我有點失落。「我衣櫃也都給你了，就是回來的時候跟你借用一下床鋪。就算我沒結婚，房間還是你一個人使用的。」

姐姐沉默了。過了一會兒，她說：「其實我有點失落，就好像我多年珍藏守護的東西，它不再需要我了，有人替代了。」

語畢，我們兩人都安靜了。

其實我很懷念從前那段時光，懷念她帶著我到處跑，一起去做志工，一起去露營，一起在黑房看漫畫⋯⋯懷念這些一直被我珍藏著的時光。

媽媽總是說我單純，小時候為了保護我，不給我交自己的朋友，我只能跟著姐姐，去她會去的地方，做她想做的事情，交她要交的朋友。我們個性迥異，她活潑我文靜，她開朗我帶點小自閉，她喜歡笑我比較害羞。當我跟她的朋友相處的時候，我總覺得找不到合適的話題，一旦姐姐離開了現場，空氣就會忽然變得安靜。

一度認為是我的問題，以為自己是個不合群的孩子，在很久以後，我才知道人與人之間的交往，除了個性的融和度，還有磁場的相互吸引。磁場相同、三觀一致的人會自動靠攏，反之，即使認識數十年，也未必能夠交心。

擠破頭地想要融進別人的圈子，只會令我們筋疲力竭，最後還是落得一個徒勞無功的下場。我們只需要努力做好自己，時間自然會給我們想要的一切。

但我還是懷念那段時光，因為長時間的相伴，那是我跟姐姐最美好的時光。

儘管我們後來愈走愈遠，但在我的心底，還是一直深愛著我的姐姐。

我永遠無法忘記八歲那年，姐姐從口袋掏出一團揉在一起的「紙張」。「妹妹，這是爸爸剛剛給我的錢，我全部都給你。」說完，姐姐拎起我的手，把它塞入我的手心，我愣了愣，心裡十分震撼。

這是錢耶，二十五塊可以可以買好多包媽咪麵（等同臺灣的科學麵）耶！

姐姐朝我笑了笑，露出她自信甜美的酒窩。「我有爸媽，有弟弟，有你，我什麼都有了，所以我不需要它。」

那年我七歲，還不知道什麼叫感動，但當時情緒洶湧翻騰，內心受到很大的衝擊。

我把姐姐給我的錢輕輕撫平，整齊地對摺四角，再把它收入裙子的口袋，輕拍兩下，確保它已經藏好。後來我們買了很多包「媽咪麵」回家，雖然第二天咳到聲音沙啞，但我還是很開心。因為那是姐姐給我的錢，我用它換了好多包「媽咪麵」，那些「媽咪麵」吃著每一口都是幸福的味道。

旅行也要好好吃飯啊
Momo

　　有一天我和夏雪說，告訴你一個祕密：「我……吃不胖喔～」

　　然後她就一天不想搭理我。我認真地告訴她，其實這個祕密我不跟不熟的女生說，因為不想被人打死。但是你知道嗎？不胖的代價就是不吸收，容易肚子餓，所以我要不停吃東西，然後又不會胖，會把同行的女生氣死。

　　好在夏雪也是個吃貨。

　　她真的很好笑，天天在臉書說自己又圓了，又吃宵夜了，不能再這樣下去了……結果被我發現，她還是特能吃！這從我第一天到捷克就發現了，她是一個很會享受食物的女生，吃東西的時候才不會考慮什麼減肥呢。

　　這樣真好，有人陪我一起吃吃喝喝了。

　　其實說起去歐洲，也不會對食物期待太多，我們的旅費拮据，不可能每餐都去光顧奢華餐廳。好在捷克算是食物類型豐富，符合亞洲人胃口的。於是我每天都激動地上網找資料，決定第二天的伙食。

　　捷克當地食物很多是一碟一碟，主菜是鴨腿、豬腳、炸火雞柳等等，配著有醬汁的奶油薯泥一起吃，其實挺美味的。我選的幾家餐廳，夏雪都吃得開開心心，基本上嘩啦啦都吃光啦。

　　我還挺得意的，覺得自己選對了餐廳。結果有一天我們去了奧地利湖

區，奧地利消費不低，那裡又是旅遊區，食物價格令人咋舌。我們打算隨便在廣場附近的小餐廳解決午餐，我點了一份價值一百多港幣的湯汁肉醬豆，她點了一份同價位咖哩炒飯。餐點上來，我的天，難吃到驚人！我的那份半冷不熱的濃湯，裡面別說肉塊，肉碎也沒有半粒，豆子又少又糊，湯汁味道就像……嘔吐物。我看了眼夏雪，她因為生理期臉色蒼白，面前那盤炒飯卻是又冷又乾。我嘗了一口，差點吐出來。

店家態度非常兇狠，裝作聽不懂我的英文，一副愛吃不吃，反正不退錢的態度。我氣到想站在門口攔住想要進來的其他客人，被夏雪攔住了。

「算了吧，多一事不如少一事。」她說。我這才乖乖坐下，氣呼呼地看了一眼面前的嘔吐物。抬頭看見夏雪，已經在一口一口地吃炒飯了。

「那麼難吃你都吃得下？」

「是啊，沒辦法啊，身體需要嘛。」她冷靜地笑笑說。「不吃這個，也沒別的東西吃了啊。」

看著她吃那盤東西，甚至有點津津有味的樣子，也感染到我舉起湯匙，一勺一勺送入口中……最後竟然全部吃光光！吃完後肚子終於飽了，夏雪的臉色也紅潤了些。

飯後我們繼續在湖區遊覽，下午的湖區天氣一點一點變冷，所幸我們肚子裡有東西，能維持身體熱量，才能支撐住我們走遍那一區的美麗風景。

一直以來，和夏雪相處時能看見她對按時吃飯的執著，她告訴我，她

家從小就很注重每餐飯的品質，一定要有葷有素有湯。其實我小時候又何嘗不是一日三餐被母親照顧得很好，但十七歲之後離家讀書，便開始食無定時。一餐飽，一餐飢，對工作時的我來說太正常了，有時候甚至一天只吃一個雞蛋三明治。有時凌晨收工卻拉大隊去吃火鍋，大油大辣，吃完回家直接睡覺。

　　這樣的不規則飲食，好在我腸胃天生頑強，所幸沒有出什麼問題。不過最近一個年輕好友，因為胃出血而突然離世。那個年輕人也是從事影視行業，食無定時，最喜歡喝酒吃火鍋，也經常因為工作而餓一整天。悲痛之餘，也著實把我嚇到了。

　　「記得一定要準時吃飯，好好吃飯喔！」夏雪反覆提醒我。

　　嗯。我乖乖點頭。

　　之後我們終於從奧地利回到捷克 CK 小鎮，在遊客中心附近找到了一間地窖餐廳，真的物美價廉，人均港幣不到一百可以吃到滿滿一個套餐，有大份美味豬腳或是鴨腿，旁邊配菜有大份香脆薯條，或是解膩德國酸菜絲。我們好像餓了幾日的小可憐，一聲不吭只管埋頭大吃……這大概是旅行中最幸福的瞬間了。

　　那家餐廳我們連續光顧了兩日，在那兒吃最後一次晚餐時，老闆叫漂亮高䠷的女侍應端來整整一大籃麵包讓我們隨便選，還招待了一份起司蔬菜拼盤。相比起香港餐廳迷你分量，這裡的起司拼盤可以用「粗獷」形容，盤子比我的頭還要大一倍，裡面堆滿了滿滿的各色起司，味道比較清淡，又堆滿了甜脆的亂切蔬菜，整個是「這兩個亞洲女孩看起來很能吃，那

就拜託幫我們吃光存貨」的概念。

正當夏雪嘴裡塞滿食物時，我打趣地問她：「現在不怕胖了喲？」

她白了我一眼，又傻笑起來。

我記得以前夏雪和我說過，小時候經常不自信，對著鏡頭也不敢笑，又覺得自己胖。當時的我完全無法將「不自信」和她聯繫在一起。不過看著她吃飯時開心的樣子，我又覺得其實她也許已經走出來了，只是在用那些經歷提醒自己，不要再陷入自卑的情緒中吧。

戴了牙套的她，拿出隨身的小剪刀，把起司和鴨腿細心剪成一塊一塊，再美滋滋地丟進嘴巴，一個完整的鴨腿，一下子就被消滅精光！比起她摘牙套之後的顏值，我更期待她摘牙套之後的戰鬥力啦。

旅行也是生活的一部分，所以即使是旅行，也要好好吃飯啊！

就算被嚇個半死，仍然是值得回味的第一次
夏雪

　　小時候不能理解，為什麼很多人跋山涉水去看自然景觀且激動到難以自持，後來懂了。

　　CK 小鎮的第一場雪，Hallstatt 的連綿群山和清澈湖畔，我和 Momo 站在湖邊，望著眼前的風景發出連連讚嘆。像置身明信片般的景致，隨時要從眼皮底下消失似的，貪婪地把風景用力印在腦海裡。

　　看著走在前方的行人，彷彿全部暫停，包括我跟 Momo 在內，也成了明信片中的風景。

　　我們都喜歡旅行，或是想換種生活模式，或是期待一段豔遇，或是為了期盼許久的風景；或是期盼出走歸來，對生命有新的覺悟，也可能只是純粹的逃避生活壓力，享受他國美食。

　　那年我買了飛往英國的機票，別人都以為我瘋了，竟然一個單身女生跑到歐洲旅行。

　　我是三毛的讀者，在我更小的時候，曾經讀過她二度出國，準備旅居西班牙的故事。

　　三毛買的是 Laker 航空的包機票，需要從香港飛到倫敦再轉機去馬德里。但她手上持有的機票目的地是 Gatwick 機場，意思是到了英國她要轉到 Heathrow 機場，換 BEA 航空公司前往馬德里，兩機場之間相隔約

布拉格廣場
沒有許願池

一小時車程。

　一開始三毛為坐完長途飛機還要提大批行李轉換機場而感到洩氣,但後來她轉念一想,如果能臨時申請七十二小時過境,就能順便在英國來個小旅遊。

　但她的如意算盤打錯了。當她飛了二十一小時飛機,終於來到英國的 Gatwick 機場時,卻發現在等驗黃皮書時,有多達兩百人在排隊,而且整個機場只有一個人在處理這件事情。好不容易完成了檢驗黃皮書的程序,又要去排入境處的移民局。這一等,等了快兩小時。終於輪到她時,移民官拿著她的護照翻來翻去,看了又看,最後說她的護照不能入境,原因是懷疑她用換機場的理由,實際上是想半途溜進英國(就是懷疑三毛有偷渡的意圖)。三毛因此被擋下來,被帶到一座兩層樓高的拘留所,關了將近一天。故事的實際細節,大家可以參考三毛的流浪散文。

　當我決定獨遊英國時,身邊的人都大為緊張,包括我的家人,我的朋友、讀者和臉友。第一次到歐洲旅行,心情非常興奮,我甚至沒去檢查特區護照飛英國是不是有免簽,便花了一千多港元在網路上辦了簽證。

　對於能夠前往從國中時期就夢寐以求的國度,我一直表現雀躍,有種即將要實現夢想的激動。不想接踵而來的,是開始迎接大堆的提醒與警告。

　友:「你一定會被強暴然後被分屍野外的。」
　友:「小心一個去兩個回。」

我：「什麼一個去兩個回？」

友：「被強暴成孕啊！」

友：「你一個單身女孩出遊英國，一定會被假定為去英國賣淫的。」

友：「你英語又不好，去英國幹麼？能不能入境也成問題。」

友：「你還是別去了，你一個單身女孩去了八成被擋，然後被原機遣返，你不怕坐飛機辛苦嗎？」

　　確定要去英國旅行之後，我收到很多意見，但幾乎往負面一面倒，從興奮期待的心情，瞬間轉換成擔憂。為了確保自己能夠成功順利入境英國，我花了半天時間爬文，然後把網路上的入境攻略，包括銀行存款結餘紀錄、入住酒店紀錄、每日行程、景點開放時間和交通等資料，全部整理好，收納在一個資料夾裡面。

　　出國那日，我刻意穿著老土，企圖用土包子造型，營造出「良家婦女」的形象。在巴士站跟家人道別後，便懷著期待又緊張的心情往香港機場出發。

　　雖然買的是經濟艙，但當晚飛機只有三分之一的乘客，幸運的我得以一個人使用一整排的座位，輕鬆地在睡眠中度過了吃完宵夜後的八個小時。經過十二個半小時的飛航時間，飛機順利抵達倫敦 Heathrow 機場。由於旅客不多，所以排隊面見移民官的速度也異常暢快，但當我前方陸續有幾個人被轉介到旁邊等候時，我開始有點忐忑不安。

　　終於輪到我了，在對方還沒抬頭看我之前，便率先展現出一個我認為

有生以來最燦爛的笑容，企圖營造一種天真無害的形象，心中不斷默念和祈禱「拜託讓我順利入境」的咒語。

「Will you come to the UK for a few days?」（我已經忘記了她當時是

怎麼問，大概就是問我要在英國逗留幾天之類。）

「15 days.」

「What are you doing in the UK?」

「Travel.」

「Do you have any plans?」

到了，到了，傳說中移民官必問的問題。我隨即從背包拿出萬用的資料夾，把準備好的資料遞給對方。

我覺得一個一個問題回答太費勁了，裡面備齊網路上提到移民官有可能會問到的問題所需要的答案，我覺得這樣子可以更快捷給對方知道她所需要的資訊。

神奇的事情發生了，對方快速翻閱我交付的資料，然後就在我的護照上蓋下入境的印章，我就這樣成功入境了。

出發之前，聽到跟看到很多在入境時被留難和滯留的例子，沒想還不到三分鐘的時間，我就順利入境英國。我終於鬆了一口氣。坐上往市區的列車，看著窗外那一間間小小洋房，覺得很不真實，好想咬一口，好驗證眼前的這一切都是真真實實的存在。倫敦你好，我來了。

我望著 Hallstatt 的連綿群山和清澈湖畔，像重拾第一次去到倫敦那種激動到難以自持的興奮，想對 Hallstatt 說聲：Hallstatt 你好，我來了。

咖啡館之夢
Momo

　　夏雪說我們旅行就是千辛萬苦地去看風景，可能對我來說不太一樣，
我喜歡去不同城市的咖啡館。

　　香港寸土寸金，大都是連鎖咖啡品牌才有資本維持店面運作，通常咖
啡店裡的座位密集而狹小，充斥著各種會議、電話、太太們聊天、學生
補習……要想稍微安靜一點的工作環境，簡直想也別想。

　　離開了香港，無論是臺灣、韓國、日本，都有很多可愛寧靜的咖啡館。
所以我常常在旅行時，奢侈地花一整天待在一家咖啡館裡寫作，品嘗不
同的咖啡，這是我旅行中必不可少的快樂時光。

　　這次和夏雪出遊，沒有帶筆電工作，但我又真的很想花一些時間留在
咖啡館裡。我知道其實咖啡喝起來在哪都一樣（永遠是工作喝美式，不
工作喝卡布奇諾），也知道一杯咖啡成本低，不如在家炮製來得划算。但，
咖啡館的有趣之處在於位於城市的熱鬧之處，可以像觀察家一樣看看流
動的行人，抽離又身處其中，對我來說是一件很有趣的事情。

　　所幸夏雪不是「趕行程狂」，她的性格裡有種隨遇而安，願意配合人，
自己也能自製樂趣。我們在 CK 小鎮的彩繪塔裡找到一家沿著岩石而建
的古老咖啡館，儘管太陽已經開始西斜，我們還有一些景點沒去，但還
是和夏雪提議在這坐一坐，她欣然同意。

　　僅靠自然光照明的小咖啡館在陰天有些昏暗，古老的桌椅擺設非常有

風味，我們選了窗邊小桌，可以看見遠處的古堡一角。老闆說這裡天黑前就會打烊，我們趕快點了老闆推薦的草本熱茶和一塊蘋果肉桂派。

茶來了，是很歐洲的香草茶。來到歐洲，發現他們真的很喜歡喝各種各樣的草本茶，有些味道簡直聞所未聞。小店的自製蘋果肉桂派也很大一塊，旁邊放著一坨邪惡奶油（真的什麼都要配奶油！），我們一邊喝茶，一邊聊起天來。

「實在抱歉，為了省錢訂了這樣的旅社，想不到那麼糟糕。」我仍然為前一晚的洗澡驚魂記而抱歉。

「沒事啊，省錢挺好的。便宜嘛，這裡住宿本來條件就不好，又不想搬行李箱頻繁換住宿，忍一忍就過了。」夏雪安慰我。

她說的也有道理，小鎮的房子都古舊，旅館裡不會有非常現代化的設備。畢竟一開始她在我眼中是個不太能吃苦的小姑娘，這樣的態度倒讓我有點吃驚。

「你辛苦啦～」她拍拍我的肩膀。

嘻嘻，我怎麼突然心裡一陣安慰，之前慌亂找行程找路的壓力突然就沒有了。喝下一口香草茶，又吃一塊甜到瘋狂的蘋果派，對面坐著我漂亮的朋友，身處在異國的童話小鎮咖啡館，我的心情一下子好像完全被撫慰。咖啡館就是這樣神奇的所在，好像在這裡發生的一切事情都穿上了毛毛外套，任何衝突或是尖銳的事物都變得溫和起來。

最早開始喜歡去咖啡館，還是在臺灣讀書的時候。

　　大二那年在政治大學當交換學生，沒有課程的週四下午，我都會跑去學校附近的小咖啡館坐著。香港很少有那樣安靜的地方，而學校附近的咖啡館裡，總是有著陽光、談戀愛、一起做功課的情侶……那時候身在中國內地的媽媽告訴我，爸爸身體出了一點小毛病，我很害怕，但因為學生簽證原因，又暫時不能離開臺灣，每日提心吊膽，什麼也做不了。那段時間唯一能讓我的心情安靜下來的地方，就是那間一杯咖啡只要五十五臺幣的咖啡館，我記得那裡有隻貓，記得那隻貓橘色柔軟毛髮的觸感。

　　後來，爸爸的身體康復並無大礙，那間咖啡館的溫暖就一直留在記憶裡。

　　大學畢業後，和異地戀男友最喜歡去的地方也是咖啡館。我們的許多工作都在這裡完成，兩人經常坐在不同桌子上，各自對著自己的電腦，不遠不近地相伴一個下午。無數個要分離的前日，我們就是這樣度過。當最後一縷陽光透過玻璃照進咖啡館，黃昏來了，然後是黑夜，再天亮時，我們就天各一方。

　　如果眼淚屬於夜晚，那麼這一刻，趁著還有陽光，就靜靜地珍惜吧。

　　現在的我對暫時分離已經不會再哭泣了，人長大，就是會懂得迅速回到自己的軌道中。而我還記得那時的自己，每一次脆弱，每一次表面上沒什麼，在轉身的瞬間卻淚如雨下。

　　好在有那些咖啡館，讓我們在一起的時間拉長一點點，再拉長一點點。

　　以前不愛喝咖啡，覺得苦得像中藥，後來只喝黑咖啡，每天還要兩杯。

當你在一段時光中和某個人在一起，連味蕾也會被他改變。

　　有一次在咖啡館，我被秋末的暖陽弄得昏昏沉沉，最後靠著椅子睡著了，醒來後發現身上披了件外套，他還在不遠處對著電腦埋頭工作。那一刻像是被定格在老照片裡，泛著暖暖舊舊的色澤，好像一下子已經過了很多很多年。

　　這就是咖啡館的神奇之處，它讓時間變得模糊，讓場景變得清晰。讓人和人，變得相依為命。

　　最後一縷陽光慢慢隱沒，其他客人們起身，要打烊了。我們喝完最後一口茶，然後穿上外套走出古堡，又回到旅人的身分踏出咖啡館。在短暫休憩後，世界又向我們展開了新的可能。

關 於 旅 行 的 二 三 事
夏雪

對雪，一直有種情結，以致在CK小鎮見到那場飄雪，內心會如此震撼，如此感動。

男友答應跟我一起出國看雪，可他工作忙碌，不是拍戲就是要做節目，後來飛機沒坐上，雪沒看到，我們就分開了。

二十二歲以前，我沒有出過國。可能是日劇看得太多，那時候對於出國的憧憬，覺得旅遊是浪漫的：跟喜歡的人在小樽運河邊手牽手一起踏雪，在積雪的公園打雪仗，在飄雪的街道上奔跑等等等等，都是我對於愛情的憧憬。於是我等啊等，等到當時的男友出軌了一次、兩次、三次……最後證據確鑿，他再也沒辦法為自己的行為開脫時，我終於放生了他，也放過了自己。

我們的戀情持續了兩年，起初，一切都很好。我每天都會給他洗衣服，整理家務事，努力往賢惠的女朋友前進。

從戀愛第一天開始，對方可以說一直都把我捧在手心裡。走路永遠靠馬路邊走，下雨永遠不讓我淋到一滴雨；除非真的騰不出手來，否則從來不讓我提東西，更別說拿重物，就連大聲喝斥都沒有。

但不知道從什麼時候開始，他變得十分依賴手機，無論洗澡走路還是一起用餐，他都手機不離手。終於，在對方忘記登出的微博上，見到一位女生在跳出來的通知中，顯示：「老公，今天也約嗎？」

「轟」的一聲，我所信任的世界瞬間崩潰。好像失去了人類與生俱來的思考能力，整個人被掏空了靈魂與理智，我跌跌撞撞走到浴室，忽然跌坐下來，眼淚終於無法受控地大滴大滴落下來，一發不可收拾。我無聲地哭著，哭到全身抽搐，哭到手腳僵麻，我用力大口大口吸氣，情緒過度激動，誘發了過度換氣症候群。

失戀之後，我想了很多，為什麼非得跟男朋友一起出國？我想去的地方，難道沒有他，我就沒辦法出發嗎？

想完，立刻訂機票飛去大阪。那是我人生第一次出國，一個人。

當我抵達關西機場的那一刻，心裡有點痛快。原來想出發就出發，不等任何人，不為任何人，只為自己的感覺是如此暢快。

這是一場療傷之旅，在那短短的七天裡面，我不停反思那段感情為什麼會失敗。

當他嗆我在網路上寫東西賺不到錢，不知道我每天到底在做什麼的時候，我忽然好像想到了一些什麼。我差一點就忘記了，小時候曾經立志長大後要當一名作家的夢想。

讀書的時候寫字速度很快，總是用比別人快一倍的時間完成作文課堂上的功課。因為得到誇獎，後來除了拚完成度，還拚速度。被老師推薦去參加快速作文比賽，還得過獎。在我國一的時候，曾經得到國文老師吳鴻榮的啟蒙，是她鼓勵我創作小說，令我發現自己的存在價值。可能因為當時年紀太輕，後來我參與了戲劇的演出，有一段時間，我幾乎埋頭在舞臺劇和音樂劇上面。

我不確定自己是不是真的熱愛演戲，但我似乎喜歡受到關注，在日常生活中得不到注目的自己，在舞臺上能夠成為焦點。得到眾人的注目的感覺真的很棒，好像上了舞臺，我就再也不孤單了。

高中的時候，我雖然選修文科，但還是不忘參加戲劇社。背劇本，每天放學排戲，練歌，做售票的公開演出，慢慢地，就放下了寫作的夢。

後來因為在感情上得不到抒發，於是我開始寫。我的情緒，我的委屈，我的心情，只能透過文字一筆一筆地抒發出來。那時候我以為愛情是我的全部，當所有證據都指向對方出軌，當我瀕臨崩潰的時候，是寫作救了我；差一步就跌下萬丈深谷，是寫作將我從懸崖邊拉了回來。

因為沒有自信，因為害怕失去，所以變得很在乎這段感情，一點點小事便患得患失。但就像手裡的細沙，握得愈緊，流得愈快，當有一天攤開手心的時候才發現，原來已經所剩無幾了。

當我們陷入愛情的時候，會以為對方是全世界最好，是不可取替的。直到分開以後，你發現只有他對你好的時候才是全世界最好的，他若背叛了你，則世界上任何人都可以將他取替。

我們都在感情裡受過傷，可能也曾經傷害過別人，但每一次受傷都應該屬於一種學習的過程，它會帶領我們成為更好的自己。

Momo 說一場愛情是一場感冒，我說是啊，愛情就像是一場重感冒，等燒退了就好。在這段時間，你一定要好好照顧自己，盡量把生活過好，遇到挫折的我們不是因為不適合愛情，而是正在準備遇到更適合自己的

人。

　　想到這裡，我忽然豁然開朗，一段感情之所以失敗，不是因為自己不夠好，是因為我在這段感情裡面愛得太卑微，卑微到失去了自己。一個人要懂得愛自己、喜歡自己，別人才會喜歡你。當你懂得珍惜自己、愛自己的時候，自愛會讓你發出自信的光芒，如果連你自己都不愛自己，又如何讓別人愛你。

　　回香港以後，我立志要當一名職業寫作者，在後來的多個訪問裡面，我不下十次說要感謝當日放棄我的男友，感謝他讓我認清目標。

　　第一次出國，是因為失戀，在旅途上，我重新愛上自己；這一次出國，是因為迷惘，在旅途上，我重新找到方向。你呢？

那時，花蓮的海
Momo

　　夏雪在臺灣的時候，一直叫我去花蓮找她，而我一直沒有時間。直到二〇一八年初，當時航空公司有香港到花蓮的直航，每天都有一班機，非常方便。我就立刻訂了機票去找夏雪。

　　其實二〇〇九年我在政大做交換生的時候去過花蓮，時過境遷，我也很懷念那裡，與別不同的壯麗的海。

　　下飛機後，夏雪叫我住她家，她租了一套很可愛的兩房小公寓，客房布置得非常溫馨，到處都擺放著優雅的香薰瓶。很久沒見，她的生活比我想像中愜意許多，香港住宅空間狹小，根本無法滿足精緻單身生活。她告訴了我這套房子的房租價格，我嘴巴都張大了，這個價錢在香港連合租一間最小的房間都不夠！

　　還記得到她家時是夜晚，放下行李之後她問我要不要喝茶，然後打開櫃子讓我挑選杯子，哇，真是琳瑯滿目。她苦笑著說，這個是上海的舊物店買的、那套是英國買的……太有要求了吧，這位女作家！之後還有英國品牌的各種茶葉，我像在高級茶屋裡一樣，坐在靠窗的小餐檯邊上，對著窗外皎潔的海邊月光，喝著暖暖的椰子焦糖茶，開始聊起多年不見的時光。

　　那幾年，即使在香港見面也是匆匆一瞥，很少有機會這樣在夜晚坐下來安靜地喝茶。幾日裡，我們一起在花蓮踩單車、喝咖啡、吃夜市，更

多的時候，就是什麼事也不做地待在海邊。

大學時候我就喜歡去臺灣的海邊，那時候週四下午沒有課，就會一個人搭一個多小時巴士跑去基隆海邊，捧著一本書直到太陽下山。夏雪客房裡有很多書，我挑了幾本放在單車籃子裡，騎到無人海灘時，我們就在鵝卵石海邊坐著，喝一杯奶茶，看書，聊天，直到落日染紅海面。

這是屬於我們的回憶，我很高興能找到一個人這樣舒服地相處，很多女孩的相處離不開精美下午茶、八卦、自拍、男人，而我們不需要。我們甚至不需要說很多話，只是各自做各自的事情，想到什麼就說一句，對方也淡淡回應。

這對我來說是非常美好的時光，在香港工作的我很少有這樣的閒情。工作中的我脾氣很急，月亮處女座凡事都想完美，全身的刺都隨時保持豎立狀態。只有在這樣的時光裡，才能讓我安靜柔軟下來。喜歡海，喜歡花蓮的海，沒有遊客的海灘，很大的浪潮聲，圓潤的鵝卵石，也喜歡和夏雪這樣的相處。

然而，世事難料，在我離開花蓮後不久，就發生了轟動臺灣的花蓮地震，那之後香港直航愈來愈少，最後直接停飛了。夏雪也因為某些原因搬去了臺北。兩個女孩再一起去花蓮的約定，變成一種明明不難卻無法企及的事情……我們依舊在不同的地方，各自努力，各自懷念著那片海。

從花蓮回到香港，我寫了一篇小說叫做〈後來我們還是不知道北海道在哪〉，就是關於兩個女孩本想去北海道，結果卻去了花蓮旅行的故事。

這篇小說後來變成我在內地的「ONE」平臺發表的第一篇小說，它還刊登在《青年文摘》，從那以後，我便把重心從劇本轉向小說……生命裡總有很多際遇給我們帶來人生的轉變，兜兜轉轉，其實很多故事一切的開始，只是一個平凡的下午。

　　希望以後，還有機會和她在花蓮的海邊浪費一整個下午。

布拉格廣場
沒有許願池

能夠治病的泉水
夏雪

「那個治病的溫泉水，你有帶回來嗎？」

回臺灣後，朋友無意中想起這件事，於是伸手來跟我索取。

行李箱中沒有溫泉水，只有一堆有機保養品。

當 Momo 掙扎著要不要去卡羅維瓦利溫泉小鎮的時候，我說：「都可以，最多我在外面等你。」後來在網路上的資料發現，原來卡羅維瓦利溫泉小鎮的溫泉是供人飲用，而不是溫泉泡湯，而且還有療養之效，於是我便蠢蠢欲動。

我說朋友有異位性皮膚炎，如果真能治病，我想給他帶一些回去。

原來整個捷克有多達三十多個小鎮擁有溫泉療養所，其中三個最知名的溫泉，分別是卡羅維瓦利、瑪莉安和法蘭提雪克。聽說除了貴族名人，連貝多芬、蕭邦和哥德也曾經在那裡體驗過療養水的效果。

從布拉格中央火車站坐 Student Agency 到處於特普拉河谷中的卡羅維瓦利，群山環繞加上優美的環境，讓我跟 Momo 忍不住在這裡燒了很多底片。

我們在路邊的小攤車挑了兩個溫泉杯，然後漫步到溫泉迴廊。那裡有衝力達十四公尺的間歇湧泉，溫度非常高，於是旁邊分化了五個飲泉口給民眾飲用，最高溫度的泉口為七十五度。

Momo 像個好奇寶寶，手持溫泉杯，每到一個泉口都裝一杯來飲用。她說每個泉口味道都不太一樣，有的很難飲，有的還可以接受，叫我也多喝幾口。

有次 Momo 吃到長相獨特的食物後對我豎起大拇指，讓我也一起嘗嘗，結果才放進嘴裡，就忙不迭地拉了兩張衛生紙，把吐出來的東西給包起來，Momo 見惡作劇成功，便哈哈大笑起來。所以如今對 Momo 的「推薦」，都會有所保留。

我後退幾步，擺著手，一臉不情願地說：「我剛喝過兩次，是有點不太一樣，但也就是濃一點的鐵鏽味跟淡一點的鐵鏽味的差別。」

Momo 哈哈大笑兩聲：「你只要想著喝了它就能療養身體，那就會比較容易入口了。」

「才不要，我才不信喝幾口療養水就能治癒身體的慢性病。」我交疊雙手，擺出一個交叉的姿勢，立場站得很穩。

「那倒是。」說完，Momo 又裝了一杯泉水來喝。

說它是鐵鏽味已經很客氣了，濃厚的鐵鏽味聞起來接近人體的血腥味，真要形容，我覺得像女性的「經血」。

我一共喝了兩杯療養水，溫度不高，都是溫溫暖暖，有點噁心。第一口硬著頭皮吞下去，再喝第二口時，卻湧上一股噁心感，我問 Momo 可以吐出來嗎？她說可以啊，我立刻吐在一塊已被泉水濺濕的地板上。

如果你跟我一樣，也是沒辦法接受療養水的鐵鏽味，可以考慮買鎮上的溫泉餅，有現烤也有方便送禮的禮盒包裝。餅乾很大一片，比我和

布拉格廣場
沒有許願池

Momo 的臉蛋都還要大，在飲用溫泉水時配合著微甜的溫泉餅，會比較
容易入口。

「所以你沒有幫我帶溫泉水回來嗎？」友人繼續追問。

「鐵鏽味的泉水，帶了你也不會喝不是嗎？」

「那倒是。」

禮物除了是心意，還要對方能夠適用，如果根本不會用，就只會造成
浪費而已。

我跟友人的消費模式很兩極。友人崇尚快時尚，認為這樣既能省錢又
能持續保持新鮮感，但這樣其實很容易造成累積的汙染和增加資源浪費，
所以我偏向購買質感較好，能持續用很久的產品。舉例說，路邊攤的香
水很便宜，但噴在身體上就像往身上噴空氣清新劑一樣，聞著除了刺鼻，
還會讓人一直打噴嚏或者是鼻子很不舒服。

相對廉價又容易破損的衣服，或者容易損壞的產品，買一件耐用、有
保固和保證書的產品，除了更耐用也更安心。

不過，這次捷克之旅，我承認失手了。基於部落客對 Botanicus 和
Manufaktura 一致的推崇，事後還飲恨買太少在臺灣沒有設立分店的
Manufaktura，部分產品更標明異位性皮膚炎都適用，便大手大手買了一
堆。結果朋友使用完不久，便渾身、全臉都變得又癢又紅腫，第二天還
像一條脫皮的蛇，臉頰跟脖子一直生出白白的屑屑。朋友問我是不是想
要害死他，當下我是既自責又委屈，無疑是「賠了夫人又折兵」的最佳

例子。

　　因此，我們不能單憑部落客或者網紅的推薦就衝動消費。同一樣產品，並不見得適合所有人，更何況還有一堆只是因為收到公關產品又或者是跟廠商合作的廣告文。

　　我把這件事情跟 Momo 分享，Momo 說她買的護唇膏也不太好用，塗上去就像擦了一層牛油在嘴唇上，又黏又不吸收。雖然買到雷品，但她仍然覺得買品質好，而不是用價格來決定消費的模式是正確的。

　　我們都可能曾經過度消費，特別是在旅行期間，很容易因為難得出國一趟，不知道下次什麼時候會再來，而輕易買下一堆不知道會不會用到的東西。覺得「好看」不過是瞬間的感受，「買了之後」才是難題的開

始。

　　去年搬家時，從衣櫃翻出幾件吊牌都還沒拆的衣服，那是我在香港看到喜歡的品牌做終年慶時買的小禮服。當時覺得裙子很美，也許出席活動的時候可以穿，結果一放就半年。雖然只有幾件，也足夠讓我帶著沉重的罪惡感，除了占空間還很浪費錢。

　　於是，我決心下次再想要消費時，會好好思考到底是想要還是需要。如果只是單純覺得「好看」又或者是「好像會用到」，那就果斷放棄。

　　自從實施了這個方法以後，我已經超過半年沒有買新衣服。就算是過年，也不過是翻出自己喜歡的那幾件來輪流穿。

　　透過捨棄生活中非必要的事物，只買「有質感」和「需要的」這種消費模式，能使心靈有更多空間接收新訊息，或者是重新發現原本就在身邊的人事物。

與 愛 情 無 關 的 旅 程
Momo

　　從 CK 小鎮回布拉格的長途巴士上，我們的前座坐著一對背囊旅行的年輕歐洲情侶。

　　兩人背著大大髒髒的行囊，不修邊幅，女孩有蜜糖色肌膚，金髮高挑，有種吉普賽風情。男孩滿臉鬍鬚，穿著破破爛爛的牛仔褲，頭髮紮成小辮子。兩人似乎很疲倦，一坐上車就靠在一起睡著了，女孩睡在男孩的肩膀上，一起聽著同一副耳機。

　　我一直看著兩人的背影，覺得這畫面太美了，讓人羨慕，也讓人不由自主酸澀羨慕起來。

　　有愛情的人，在旅途中看見再美的風景，只會希望他／她也看得見。即使是獨自旅行，也好像帶著另一個人。

　　我曾經很愛很愛一個人，最後卻因為一些客觀原因無法在一起，於是我獨自去了一些地方旅行，每到一個地方，都忍不住拍一張照片發給他。

　　他看到了，但沒有回應。

　　後來我看新聞，他和別的女生在一起了。我立刻把他的聯絡方式拉黑，下定決心以後不會再理會他。

　　現在想起來，真的很傻。當一個人心裡沒有你，你再柔腸寸斷痴心一片，都只是拙劣的示好。對他來說，你去哪，你遇見怎樣的風景，毫無意義。何況，所謂的「客觀原因」，其實根本就是不夠愛，不願犧牲而已。

　　後來遇見真正互相喜歡的人，我們去過很多地方旅行，卻很少拍照了。因為我知道這一刻，已經是最美好的時刻。只要記得眼前的一切，不需要去記錄什麼，因為心中知道，這樣的風景會永遠在身邊，不會離開。

　　可惜最後也並非如此。生活不是電視連續劇，我們永遠猜不到結尾。

　　記得大學時去過雲南的虎跳峽徒步，那裡有一個知名的殉情地點，每年都有人為了得不到的愛情而跳下山崖。當我去徒步時，前一個禮拜才跳下一個北京名校畢業的女孩。虎跳峽下是奔湧的金沙江，跳下去瞬間便會被濁黃的江水所吞沒，屍骨無存。

　　我們在懸崖邊摸著繩索一步一步走著，不敢往下看，領隊說著這裡的歷史故事，我一個字也聽不下去，只瞟一眼下面的江水，就雙腿發軟。那個女生要有怎樣的決絕才會一躍而下啊，有這樣的勇氣，為什麼不換個愛人試試呢？

　　我也經歷過暗無天日的失戀時光，當工作與愛情雙雙灰暗，躺在家中床上，看著外面明燦燦的天空，有一瞬間真的這樣想，不然跳下去好了，跳下去就能停止痛苦。雖然心裡知道這樣做不對，而且會死相悲慘，但那一刻，生而為人，只想止痛。

　　那段時候，很幸運找到了社工朋友幫忙，感激那些在最灰暗時刻，無意間約我吃飯、說笑話的朋友。雖然他們也許並沒有看出在開朗背後，那個努力演著「正常」的我。

　　後來我把當時的情緒，寫在第一篇長篇懸疑小說《風暴來的那一天》

裡，在這個故事裡，每一個女主角都渴望愛，卻陷入痛苦的輪迴中。罪案背後，是女子破碎的心，癲狂之下是最勇敢的救贖。

最後，女主角救了自己，我也救了自己。現在想起寫結局篇的那個夜晚，忍不住淚如雨下。那種全情投入、天人交戰的感覺，感覺自己像一場猛烈燃燒著的大火，焚燒掉一切懦弱、無助，生死都置之度外。在打完最後一個字時，寫下「完稿於香港家中」，然後沖了一杯茶，久久地坐在座位上。

茶的溫度穿過寒冷室溫迎面而來，我在心裡對自己說：太好了，你還活著，你還有書寫的能力。

一場愛情是一場感冒。從含情脈脈地流鼻水、打呵欠，到熱戀時頭昏腦脹、說胡話，最後體溫恢復正常，一切歸於平靜，有人從此有了抗體，有人卻一病再病。我想，現在的我，大概是有了一部分抗體，至少不會全情投入到忘記自己，我會懂得享受當下的獨自晚餐，也懂得一時的意亂情迷，只是生活的小小調劑。

但我仍然敬佩那些奮不顧身的女孩們。如果她們哭，她們傷，我會願意留下我房間的一角給她們歇息，然後整裝再戰。

而這一次旅行，我和夏雪拍了很多很多照片，卻不再是為了與誰分享，而是為了記錄現在的自己。我想讓以後的自己看一看，你看，你在沒有愛情的旅行時，是多麼自由，多麼美麗。

布拉格廣場
沒有許願池

人的一生有兩次死亡
夏雪

　　為了尋找卡夫卡的足跡，我們去了老城廣場 8/929（註：門牌號碼。）、小廣場 2/3、采萊特納大街 3/602、羅浮宮咖啡館、瓦茨拉夫大街 19/823、巴黎大街 36/883、黃金小巷 22 號和布拉格的新猶太人墓園。

　　在布拉格的冷春，我們來到卡夫卡身處的新猶太人墓園。在找到墓園之前，我們在街道上冷得發抖，現在回想起來，牙齒與牙齒之間互相碰撞的聲音，兩手交叉環抱雙臂取暖的畫面亦歷歷在目。

　　布拉格的冬天漫長而嚴寒，十一月中旬到三月下旬都有可能落大雪。據說四月至九月是最適宜到訪的季節，但我們卻親身感受到，布拉格四月中旬依然冷得像臺灣的寒冬，保暖度不足的外套下是正在發抖的薄弱身子。我們總是四處尋找咖啡店，買一杯溫熱的咖啡或熱可可暖身，以及充當暖暖包。

　　新猶太人墓園的開放時間，除了星期六休息，星期一到星期四為早上九點到下午五點，而星期五則提早於下午兩點關門。

　　也許因為這日是星期五，我們沒有看到其他造訪的人，偌大的墓園裡，只有我跟 Momo 兩人。寒風刺骨，我不禁打了一個冷顫。

　　Momo 問：「你害怕嗎？」

　　我望著一臉鬆容的 Momo，抓抓耳朵，吞嚥了一口唾沫：「剛剛路過花店時就應該把花買下來，現在好像不夠時間出去又回來。」為了掩飾

自己的膽怯，我沒有直接回答她的問題。

　　新猶太人墓園因卡夫卡而聲名大噪，所以一入墓地就能看到相關的指標。但因卡夫卡的墓地設在比較後方的位置，沿途我們需要繞過數以萬

計的墳墓，當下四野無人、寒風凜冽，說一點都不害怕那是騙人的。但跟隨指示的我們很快就找到卡夫卡的墓地，當我們到達時，神奇地內心卻是生出一股平穩且安詳的寧靜，就像是來看一位故人。

「不如我們也放一顆石頭在墓地上面吧。」我說。在卡夫卡的墓地上，有小的塑膠盆栽，也有新鮮的小花，甚至有捷克人最愛的 Banánky 巧克力跟堆滿疊起的石頭。

我和 Momo 分別在墓地的石堆上，找了一顆小而平整的石頭，小心謹慎地疊在前人的石頭上，然後雙手合十，鞠躬敬拜。

上一次距離墓地這麼近，是在七、八年前，那時候表妹還沒生小孩，最小的表弟也還沒結婚，連交往對象都沒有。

從我姐姐滿十八歲開始，外公就說可以嫁人了，他想要抱曾孫，孫女們的嫁妝都已經買好了，只等著四個孫女一個接一個出嫁。

但忽然有一天，如常在清晨起來做小買賣的外公，發現自己的右邊臉失去了知覺。經醫生診斷，是大腦左半邊中風，所以才會出現右邊局部麻痺的狀況。

我很小就沒在外公身邊生活，但在我的印象裡面，外公一直很疼我們。用我表妹林舒敏的話，跟爺爺在一起（他爺爺，我外公），會有一種被寵的感覺。

外公是個很溫柔的人，在我媽媽的年代，有很多家庭重男輕女，但外公卻一直視媽媽如珠如寶，像公主一樣捧在手心上呵護。就算媽媽只生了一個兒子，他也沒有專寵我弟弟一個。

舅舅生了四個小孩，最大的表妹跟我弟弟同歲。我們之間感情很好，每次探望外公，七個小孩分別躺著、低伏著，或者趴在床上，一起聽外公講都市傳說。

有年外公生日，小孩子們在家幫外婆做了個蛋糕（沒有奶油，只是麵粉加雞蛋的基礎蛋糕），剪了很多彩色的碎紙，外公晚上出去溜達回來的時候還關了燈，大夥站在椅子上，然後手高高捧著彩紙，一邊唱生日歌，一邊撒彩紙，讓漫天飛舞的彩紙落在外公的頭上。但外公是一個木頭人，他邊開燈邊罵大家「十三點」（瘋瘋癲癲）。雖然結局跟想像的不大一樣，但我們都知道，外公是開心的，只是當下手足無措，不知該如何面對突如其來的驚喜，於是在不知如何反應的當下，選擇了盡快結束這種尷尬的處境。

有一晚我跟林舒敏回憶外公，林舒敏說：「我有點不敢深想爺爺，會難過。」

外公中風臥床兩年，在最後的半年，已經接近不能自理。對於自己的狀況，除了痛苦，還十分自卑，幾次外婆從市場回來，都要搶救試圖結束生命的外公。

孫子全部搬離了原居地，外婆獨力照顧外公，也十分痛苦。有次在電話裡哭著對我母親說，她曾經故意繞遠路，想藉此了結彼此的苦難，卻還是捨不得，哭著飛奔回家，再一次把外公從死神的手裡救回來。

那剛好是我在外面拚命工作的兩年，珠寶的事業並不容許我時常請假。透過林舒敏的嘴巴，才知道當時外公已經瘦得剩下皮包骨。林舒敏痛苦

地回憶著,她說單是回想外公最後臥床那兩年的畫面就心生恐懼,他洗澡時只穿短褲,露出的大腿看起來就跟她手臂一樣細。但因為外公當時的眼神是清澈的,做為家人,她沒辦法接受外公安樂死。

外公因為身體狀況日益惡劣而病逝,我終於成功跟公司請了喪假,和家人一同回家鄉為外公送行。那個數度說想要放棄外公的外婆,沿路一直哭,哭得很淒涼,哭了足足一個下午。

對於外公的離去,我是既難過,同時又為他感到安慰。外公,你終於解脫了,終於可以去找早夭的小舅舅了;從此沒有病痛,不用再插管子,也不必在乎別人的目光,你可以自由自在、快快樂樂地,當我頭頂上的星星。

林舒敏說不太想回憶外公,因為想著想著會掉眼淚,我說:「你的孩子沒見過太爺爺,我未來的孩子更不可能,但他們卻可以從我們的嘴裡知道外公,知道曾經有一個很疼愛他們媽媽的太爺爺存在。如果可以,我希望我們能夠很自然地討論外公,只有這樣,他才能像沒離開過一樣,一直陪伴著我們。」

人一生有兩次死亡,一次是肉身的死亡,另一次是被所有人遺忘。當所有人都不記得你,你才是真真正正地消失。

雖然卡夫卡逝世將近百年,但看著墓地上的悼念小花跟盆栽,寒毛不禁一豎,亦暗自感動。

感 謝 那 些 傷 害
Momo

　　有誰能不受傷害地長大呢？不可能吧。尤其是在我們現在的社會，我們身處的行業。

　　那天我和夏雪在捷克吵了一架，大概是因為兩人都很累，我一直在規劃行程心力交瘁，然而難免有些規劃不好的地方，弄到對方也興致寥寥。我說了一句：「我不想再是我查行程了，你可不可以幫幫忙，不要只是回覆別人的資訊。」夏雪大概被我的口氣嚇了一跳，然後她也沒說話，一路上我們都沒說話。

　　想起之前和夏雪發生矛盾，大概有幾次是因為覺得她太在乎別人的看法，做事猶猶豫豫，而我自己比較急性子，兩個性格不同的人撞在一起，自然難免會有矛盾。後來愈來愈了解她，也明白了我們都曾受過傷。

　　記得有次打開臉書，突然彈出一個臉書頁面，上面寫著關於夏雪的壞話，我嚇了一跳，忙問她發生了什麼事。她嘆了口氣，說以前做模特兒的時候可能得罪了什麼人，現在一直在網路上黑她。我看了那頁面上不堪入目的字眼，氣得要命，她無奈說已經在網站上檢舉了。我有點恨鐵不成鋼，如果是我，早就「起底」找出那個人，然後法院見。

　　回頭看看自己，雖然看起來很兇，但也是經歷過很多傷害才變成現在的樣子。尤其在我們這個行業，好像拋頭露面，就活該被人罵，或是被人比較、被人無視，我們能受到的傷害種類太多了：胸大會被人罵，胸

平會被人嘲笑;胖會被人譏諷,瘦也會被自以為關心你的人說一句「這人是不是生了病?」;工作多會被人說你心機重,懂得上位,工作少會被人笑話你過氣。忙的時候別人把你當機器壓榨,閒的時候全世界都忘記你……在香港,還有一件好笑的事情,我是內地出生長大,偶爾也會被問候一句「大陸妹」。

這一行就是這麼好笑,若是玻璃心,恐怕早就要憂鬱了吧。

既然喜歡演戲,為了能留在這個行業,好像就必須忍受別的、附加的一切。

夏雪曾經對我說:「看你最近都在忙,替你開心。」當時被負能量侵襲的我,回了她一句:「忙的不是工作,是別的亂七八糟的事。」

「比如說呢?」她問。

「比如找贊助商、借衣服還衣服、人情來往、無聊的聚會等等。」我沒好氣地說。當時正在焦頭爛額地幫人伴舞排練,明知鏡頭不會到你身上,還是要笑得一臉燦爛,跳些奇怪動作。「諸如此類的事情每天都在忙,即使明知浪費人生、累到無力也要每天做出活力四射的樣子,你來試試?」

夏雪過了一會兒,回我:「其實我是真的很羨慕你的生活那麼充實。」

我有點愣住了。突然發現誰也不懂誰的苦楚,可能你羨慕的事情,別人有別人的難受;可能你受不了的事情,別人覺得已經是幸運。

就像我羨慕她能在臺灣無憂無慮地生活寫作,而其實她也有一堆柴米油鹽的煩惱。相比起被人嘲笑,被人無視可能更難受吧。相比起忙到冒

煙，聞到發霉更可怕吧？

　　曾有過一整個月沒有一天通告，癱坐在家裡，心想：我是不是就這樣被淘汰了？

　　曾有過被記者當成透明人，明明你主動打招呼，人家就是不理你。

　　曾有過莫名其妙被當成新人，站在最後一排當背板。

　　這些事情，每一次發生的當下都好想哭，但又不能哭，就這麼帶著固定在臉上的笑，像個人偶，任人擺布著。

　　這些傷害，沒有人會認為是故意的，沒有人應該被指責。

　　正是這些傷害的累積，讓我們變成了我們。柔嫩的心，漸漸起了繭。在無數次強忍眼淚的瞬間，我明白了一個道理：不要被他們定義你的價值。

　　不要被討厭你的人定義，不要被無視你的人定義，應該被內心的堅持填充。眼光望向遠方，這樣眼淚就不會輕易掉下來了。

　　我們行走在人間，總會路過很多試煉。記得有這樣一句話：「當你覺得吃力時，正是因為你在走上坡。」夏雪，我想和你分享這句話，因為我們都曾有過自我懷疑，都曾因為別人的傷害而自卑。現在我們都不是很年輕的女孩子了，我們要明白自己真實的價值。

　　感謝那些傷害，讓我們在時過境遷之後，能夠當成笑話說來一笑。

布拉格廣場
沒有許願池

用微笑面對霸凌
夏雪

　　在哽咽之中，我醒了過來。矇矓間清醒過來的那刻，我發現嘴唇延續了夢中的顫抖，淚水大顆大顆地從眼眶落下來。

　　我起來拿擦手紙，瞥見 Momo 睡在我的身邊，對啊，我現在身處於捷克。我從夢裡哭醒了。那是一個關於霸凌的夢境。

　　你身邊有朋友曾經遭受霸凌嗎？又或者，你是否也正在承受被霸凌的痛苦？

　　欺負你的人可能罵你笨、罵你醜等，企圖詆毀你的膚色、高矮胖瘦、性別、種族，來傷害及控制你。如果你是女性，還會罵你是綠茶婊，造謠你是性工作者、援交女、PTGF（出租女友）等等。

　　我是被霸凌的過來人，曾經因為被霸凌，生出超過百次想死的念頭。當我陷入其中，會在心底聲嘶力竭地呼喊：「我到底做錯了什麼？為什麼要這樣對我？是不是要我死了，你們才願意放過我？若我真的忍受不住你們的霸凌選擇了自殺，你們會懂得檢討，後悔活生生把別人逼死嗎？」

　　後來我才知道，大部分霸凌別人的人，並不會因為你的死亡而產生愧疚感，他們甚至還會覺得你太脆弱，如此禁不起，這麼輕易就跑去死。

　　霸凌不只是校園的產物，就算出社會，霸凌一樣無處不在。網路霸凌

不只會發生在藝人身上，即使不是公眾人物，也都可能會因為言語暴力而受傷。

有年跟某個話題人物做了一個專訪，因不知某個網媒也做了一樣的報導，導致對方獨家專訪的計畫落空，因而成為箭靶。網路世界有很多喜歡跟著起鬨的鄉民，這些人像極了鯉魚，在池裡推擠搶奪飼料一樣欣喜，當飼料吃完了，便頭也不回地轉頭走人。

因為職業某程度依賴公眾喜好，因此更容易受到外界負面評價的影響。一開始被霸凌，我也會難受，會感到痛苦，受到別人給我造成的傷害後幾乎完全崩潰。我想伸手求救，但沒人抓住我的手，連最親近的人也沒法理解我所承受的痛苦，無處可以訴說。當然，他們並不知道我為什麼辛苦。

前幾年經濟不景氣，公司裁減人手，沒有高學歷加上已非壯年的父親首當其衝，只好改到工地做體力活。父親很愛漂亮，出門除了認真穿搭，還會注重保養，但自從做了這個工作，開始日漸消瘦，變得又瘦又黑。每次難過的時候，只要想到每天為家人努力工作的父親，就不忍在他面前表露出一絲難過，不忍輕易放棄自己的生命。

後來，每當再次遇到類似的情況時，我都會對自己說，我沒有時間哭泣；面對別人的打擊、嘲諷，更要付出加倍的努力才對。別人愈是想要把你踩下去，我們愈是要專注和奮力向自己的目標前進。

在這個娛樂至死的時代裡，虛假消息的傳播成本微乎其微，每個人都

是看客，每個人都是謠言的傳播者。

　　從國小、國中、高中、大學、補習班、才藝課、親戚的孩子們、鄰居、職場等等，當中可能會有人喜歡你，有人討厭你，你也會有喜歡的人和不喜歡的人，這都是很正常的。有可能你在這個團體中很受歡迎，但在別的團體中卻怎麼樣也無法融入。但請不要忘了，你是那個獨一無二的你。

　　除了肢體霸凌、身體霸凌、性霸凌、反擊型霸凌、言語霸凌以外，也不要忽略網路霸凌對被霸凌者所造成的傷害。咄咄逼人的每一個字每一句話，都有可能成為壓倒駱駝的最後一根稻草。

　　霸凌者之所以霸凌別人，大多源於自卑，想要透過霸凌別人，號召別人一同霸凌目標人物來展示自己的價值。他們想要讓你難過，讓你感到痛苦，透過霸凌別人所引伸的影響來自我滿足。你千萬不要上當，給他這樣的影響力，只要我們不搭理他們，久了他們就會感到無趣。

　　「為什麼你這麼軟弱，不反擊也從不公開為自己解釋。」Momo 知道我的遭遇後，為我感到不值。

　　「若我以微笑面對，總有一天會有人發現，我不是那麼糟糕的人。」我微笑著對 Momo 說。

歸途 ▌ 但願我們永遠是敢於
離家出走的少年

我 們 與 死 的 距 離
Momo

在捷克的行程中，有一個沒有去成的行程是我的遺憾。

我很想去看看庫特納霍拉（Kutna Hora）的人骨教堂，臨行前我在某個攝影師的 IG 見過，那不是一個特別熱門的旅遊景點，距離市區也有很長一段車程，所以遊客疏落。這樣寂寥的背景下，教堂裡的白色人骨更顯怵目驚心。

交通確實不太方便，最容易的方法是在布拉格搭火車去，但到那個鎮子不用轉車的火車只有早上九點多一班，到了之後還得再轉換班次不多的公共巴士。而且回程火車班次也很少，錯過了，當日就回不了布拉格，那個地方也沒有旅店。

「哇，好棒，好有趣！」夏雪聽我介紹這地方色彩，先是這樣反應。然而到了旅程的倒數第二天晚上，我們已經精疲力盡，我再問夏雪，她的語氣就變成了「Hmm……看起來，有點可怕，不然就……」。

次日早上，我們全都睡過十點，完完全全地錯過了火車。實在太累了，十日的高密度奔波讓我們只想癱在床上不省人事。最後大概在十一點，兩人終於坐起來，迷茫地望著對方。算了吧，時間來不及，去不了了。

之後一整天，夏雪都在安慰我，「哎呀去不了沒關係啦」、「哎呀今天天氣陰陰的，去那裡會很可怕吧？」、「會不會撞到鬼……」

她自己倒是愈說愈害怕起來。我想起我們去布拉格郊外尋找卡夫卡的

墓那天，天氣冷，墓園又快要關門沒有遊客。我們走在巨大的墓地中，夏雪沒說話，但我感覺她很害怕。後來好不容易找到卡夫卡的墓碑，夏雪也平靜下來，我們在墓碑前呆站了一會兒，就離開了。好像見到了一個故人，見一面就好了。

　　就像那些離開了的故人，偶爾想起來，會有種平靜的暖流，因為曾經活生生地存在過，所以當悲傷過去，剩下的是鮮活的記憶。

　　在我二十多年的人生裡，曾有好幾個身邊同齡人離開。還記得有個學弟，長得又高又帥，多才多藝，前途不可限量。有段時間他在內地各地表演，一邊又在讀書，非常忙碌。有一次拍戲見到他，他瘦了不少，我心想你可別再減肥了。可我心裡知道，做演藝的最敏感別人說自己胖瘦，於是我就沒說出口。

　　後來我們幾個朋友一起吃了頓麻辣火鍋，我叫他多吃點，他也聽話。他那天胃口挺好，對我也是一如以往說說笑笑。然後過了不到一個禮拜，就傳來了他的死訊。胃穿孔大出血，搶救無效。

　　我想起他前幾天吃麻辣火鍋的樣子，大概胃裡已經有了傷口，可能回家胃也疼了，而我卻一直叫他多吃。他從不會拒絕人，之前也是這樣，別人叫他幫忙他總會出現，拍攝低成本電影，哪怕沒錢，哪怕角色再小，他也總是會願意幫忙。

　　那天我們曾聊起夢想和未來，他有很多計畫，未來不僅要正式出道，也想開經紀公司，成為電視電影的製作人。這樣意氣風發的男孩子，就

在下一個禮拜，變成所有人的回憶。

人類文明再先進，也永遠無法超越生死的鴻溝，中古世界的捷克如是，現在亦如是。

之前好朋友的媽媽過世，他告訴我，他數次夢見媽媽，日有所思，痛苦非常。然而就在一年之後的某天，他夢見在一片深墨綠色的大廈前，媽媽對他說：我現在很好，我要走了。然後就轉身和很多人一起走進了那棟大廈。

從此之後，儘管他仍然很想念媽媽，但再也沒有夢見過。他告訴我，他開始相信輪迴，可能死後的肉身真的只是拋棄在地球的宇宙垃圾，沒有什麼「永遠存在」的事物。你所掛念的那個人，早已不是那個人。

所以，單純地去享受活在地球的每個此時此刻吧。我和夏雪用了最後一天，只是閒逛，喝街頭飲料，買小店裡的可愛物件，去豪華的餐廳吃一頓晚餐，看伏爾塔瓦河的日落……每一次食物與口腔接觸的美好，每一片風景投映入視線的壯麗，都是我們曾經活著的證明。

夏雪啊，我們要答應彼此，以後還要一起去看很多風景。這樣才不枉此生，你說對吧？

生命中不能承受之輕

夏雪

Momo 想去人骨教堂，我聽著有點驚悚。

庫特納霍拉的人骨教堂，位於布拉格近郊的地方，距離布拉格約七十公里，小鎮因神祕的人骨教堂 Kostnice Sedlec 而聞名。

從布拉格前往庫特納霍拉，可以搭乘火車或巴士。從 B&B 坐車到布拉格中央火車站「Praha Hlavní Nádraží」，搭乘火車前往庫特納霍拉。抵達庫特納霍拉中央車站之後，再轉乘當地的黃色小火車。

Momo 說人骨教堂內，有超過七萬具人骨裝飾，相傳一名虔誠的傳道士，將死於胡斯戰爭和黑死病的亡靈骸骨安葬於此，後來地皮 Schwarzenberg 家族買下，並請木匠裝飾教堂。用骨骼以燭臺、大酒杯及傢俱的樣子擺放，形成了這座驚悚但莊嚴的人骨教堂。

講到這裡，我想起佛家的「白骨觀」。白骨觀是佛家修持法之一，為佛教五門禪法的一種，主要由不淨觀、白骨觀、白骨生肌和白骨流光四步組成。目的是息滅對色身的貪戀。

曹雪芹在《紅樓夢》中，以「白骨觀」寫了一篇「風月寶鑑」。寫賈瑞對王熙鳳神魂顛倒，茶飯不思，後被王熙鳳設局整治，整得七葷八素，吃什麼藥也不管用。在奄奄一息之際，來了一個跛足道人，說是專治冤業之症，賈瑞在枕頭上磕著頭，求道人幫他看病，於是跛足道人從褡褳裡拿出一面鏡子，遞給賈瑞，且再三叮囑賈瑞，鏡子只能看反面，不能

看正面。可賈瑞拿到鏡子，看到反面是一堆白骨，以為道人作弄他，禁不住去看正面，結果看到日思夜想的王熙鳳，於是日日入鏡與對方幽會，最後掏空身體，幾日後一命嗚呼。

在現實生活中，有無數個賈瑞的化身，他們忍受著情慾所帶來的痛苦，在愛恨交織中備受煎熬，苦苦掙扎卻又無力解脫。

人出生的時候本無一物，沒有金錢，沒有地位，沒有物質，什麼都沒有。卻在成長階段中，奮力去追求一切認為對自身有益的東西，來滿足自己的需要。

我們總是想辦法盡可能地占有，最大限度地去獲取，當求不到或付出之後沒有得到，或者得到之後又失去了，就會感到痛苦和失落。當頭腦和心中的映射將這些問題放大，失落和痛苦也隨之被放大，有時候，會大到讓人無法承受的地步。男女之情尤其如是。

曹雪芹寫鏡子只許看反面，也有其深刻的寓意。好久以前讀過一本《心經》，說人生其實是一場「顛倒夢想」，曹雪芹寫只許看反面，也許就是要把賈瑞從「顛倒」裡拔救出來。

白骨雖然看起來恐怖，卻能驚醒世人遠離顛倒夢想。看起來不美觀，但卻是真實的，是治病的良方。當你全面真實地認識事物，才能夠找到真正解決問題的方法，否則只能在無明的泥濘中愈陷愈深。

聽 Momo 介紹人骨教堂，便覺得是個有助衝擊內在的地方。但來到離開捷克的倒數第二天，大家都已經筋疲力竭，於是我們都睡過了頭，錯

過了直達火車，最後雙雙決定放棄最後一個景點。

其實啊，在七、八點的時候，我曾醒過來，且影影綽綽感覺到 Momo
在身後的動靜，只是誰也不想說破。我們都想在奔波了多日的隙縫，獲
得一個短暫的休息。

雖然這次沒辦法成行，卻也在我們心裡埋下期許，期許下一次能再次
一起回到布拉格，一起參觀「白骨教堂」。

在離開捷克前的這日，我們到處閒逛，喝街頭飲料，買小店裡的可愛
東西；參觀最美圖書館之一的斯特拉霍夫修道院（Strahovský klášter）；
在跳舞的房子吃一頓旅途裡最奢侈的晚餐；看伏爾塔瓦河的日落，想像
昆德拉的《生命中不能承受之輕》，感受文中「站在河岸上，久久地望
著河水，因為望著流動的河水，可以讓人心靜，可以消除人的痛苦」的
平靜。

河水靜悄悄地穿城而過，閃動著粼粼的水光，就好像閃動著明亮的眼
波，凝視著布拉格兩岸的景色。左岸是布拉格老城區，右岸是城堡與皇
宮，十八座大橋橫跨河上，將兩岸的哥德式、巴洛克式和文藝復興式的
建築連成一體。一座座古橋就像穩重深沉的老者，經過了幾百年，依然
沉靜地在那裡，看形形色色的世人，從橋面上走過。

米蘭・昆德拉在《生命中不能承受之輕》中寫道：「人永遠都無法知
道自己該要什麼，因為人只能活一次，既不能拿它跟前世相比，也不能
在來生加以修正。沒有任何方法可以檢驗哪種抉擇是好的，因為不存在
任何比較。一切都是馬上經歷，僅此一次，不能準備。」時間是公平的，

不為任何人停留，就像這伏爾塔瓦河的河水，是如此剎那、剎那地流動著，不會一直留在原地，假如我們堅持跑完所有行程，或許就失去這段難能可貴的回憶。

在我們的生活中，時常為了賺錢，一直壓縮自己的生活品質，犧牲和身邊人共處的時光，忽略了給自己保留自我對話的時間。甚至在營營役役中，忘記了如何愛自己。

最值得把握的現在往往稍縱即逝，與其總是回首過去長吁短嘆，不如好好活在當下，欣賞兩岸風景，珍惜生命中的每一刻更為實在。

雖然我們少去了一個景點，卻從難得的悠閒中，獲得一段真正屬於我們自己的時光。有時候留下一點遺憾，做為下一次出門的期待，也不失為一種遺憾美。

這次我們走了很多路，拍了很多照，用一種向小說與卡夫卡生活的軌跡致敬的方式，完成了這趟旅程，是一種全新的體驗。Momo 說，我們要答應彼此，以後還要一起去看很多風景，這樣才不枉此生。

我們慢慢地走，慢慢地聊天，慢慢地在河畔上欣賞兩岸的城鎮；一起聊著我們的生活與未來的遠景，一起在每一個景點拍照，留下我們的足跡。還記得後來經過一家冰店，我買了一支香草霜淇淋，我們吃著同一支霜淇淋，手牽著手一起唱歌，然後看著霜淇淋一起捧腹大笑。當下卸下偶像包袱，放下長期以來的自我防衛，跟我一樣完全放鬆、放任地做著自己的 Momo 十分可愛，我永遠都不會忘記。

人們在岸邊散步，享受當下，悠閒地看風景，這些都是在臺灣難以看

見的畫面，也很希望未來臺灣能夠有這樣的城市規劃，結合本土的文化和歷史、獨有的城市美態，打造有特色的公園，讓市民及旅客都能享受自然與城市結合的藝術建設，進而帶動觀光。不是單單以到此一遊的網美拍照打卡景點來做噱頭，埋沒臺灣本應最令旅客關注的美食，和真正反映城市文化的建設。美景看得再多終究會出現審美疲勞，唯有那些在途上遇見的人和故事，才能印在記憶的最深處。

　　法國詩人韓波說：「在富於詩意的夢幻想像中，周遭的生活是多麼平庸而死寂，真正的生活總是在他方。」會選擇到臺灣旅遊的旅客，是為了臺灣的人情味與獨有文化，為了美食，也是為了短暫遠離城市的大自然景點，而不是網美打卡景點。

現在是在演偶像劇嗎？

Momo

說實話，最後我們兩位能夠不丟東西、不丟人地度過整段旅行，也算是一件奇蹟了。果然，在最後一日搭飛機回國時，差點發生了大烏龍。

我們準時到了布拉格機場 check in，夏雪的行李超重，最後也解決了，順利過了海關，可一路上都沒有安檢，這讓我心裡有一絲疑惑。怎麼回事？歐洲的機場那麼寬鬆嗎？那豈不是很危險？

但這疑惑也沒在腦海中想太多，候機樓裡琳瑯滿目的商店很快就吸引了我們的注意。機場的商店真是每段旅途的「最後一擊」啊，即使躲得過整趟旅程的失心瘋，卻躲不過上機之前這「最後血拼機會」。於是……我又在有機香氛品牌店裡面，淪陷了。

淪陷歸淪陷，我還是預留了充足時間，但好死不死，我們在小小的候機樓發現了一個美好的美食廣場，好多好吃的：炸魚炸雞、薯泥、各式各樣的蔬菜沙拉。我當下果斷地拿著最後剩下的捷克幣對夏雪說：「你在這看行李，我去買吃的！我們在捷克最後一餐，吃飽吃滿吃開心！」

在食物的香氣中，我，再次淪陷。豪氣地買了兩大份炸雞和炸魚套餐，準備坐下來美滋滋地吃一頓時，夏雪突然驚慌失措地跑來拉著我：「喂，我們還是去登機口看看吧，我覺得還得過安檢呢。」我看見她驚慌的樣子也嚇到了，趕忙把食物隨便包一包就衝去登機口。兩個女人就這樣飛奔在布拉格機場中，引來陣陣側目……

果然，到了登機口，看到只剩下幾個排隊過安檢的人，我們這才意識到，原來這裡的機場是在每個登機口才安檢的！好在剛才夏雪拉著我趕過來，不然安檢口關閉的話，我們就只能眼睜睜地看著飛機在眼前飛走。

一陣兵荒馬亂過了安檢後，我們倆都又累又餓，我想起剛剛打包的食物，趕快拿出來和夏雪分一分，不顧形象地抓著雞腿就啃起來。

此時，我突然發現，一位坐在我們對面、華人面孔的帥帥小哥哥一直看著我們。當時我正大口啃著雞腿，餘光掃到他的目光時，油油的手頓時停了下來，但嘴裡還咬著一大口雞肉。

啊，好尷尬，但是，還沒飽啊……怎麼辦？

看看夏雪，她戴了牙套，本來吃東西就不能大口，只能拿剪刀小塊小塊地剪下肉，再小口小口吃，真的是斯文靚女！我只好換作兩根手指捏著雞腿，再盡量只用門牙撕下雞肉，做作地細嚼慢嚥起來……

可是，好餓……這樣假仙地啃了好久，餘光掃到小哥哥的視線總算移開了一點點，我這才鬆口氣大嚼特嚼。這時，我突然發現……我渴了，可是過安檢的時候把剛剛買的可樂扔了。

我拿出小錢包，裡面僅剩下可憐的幾個硬幣。好在候機室裡有臺自動販賣機，數了數硬幣，竟然剛好夠買一瓶水和夏雪一起喝！幸運！可是，悲劇總在關鍵時候發生，我的硬幣光榮地被機器吞了，沒有任何飲料掉下來。

與喜悅的落差太大，我欲哭無淚，垂頭喪氣地回到座位，扁著嘴說：「我渴死了，怎麼辦？」

這時，對面的小哥哥突然英雄救美，不知道從哪裡拿出一瓶果汁，遞到我面前：「沒喝過的，給你喝吧？」

啊？這⋯⋯怎麼好意思？

他卻堅持說自己不渴，一會兒上了飛機也有飲料，所以沒關係。最後，我實在太渴了，於是紅著臉接受了他的好意。然後我突然想到，剛才他一直看著我，該不會⋯⋯

該不會是肚子餓了想吃我的炸雞吧？

我拿出僅剩的一塊炸雞，有點內疚地問他要不要吃？他笑著擺擺手。我有點尷尬，一直道謝。

整個過程中，夏雪一直在給我使眼色，「這人很帥啊」這樣歡樂的表情。

然後，然後，最偶像劇的劇情出現了。登機的時候，小哥哥把我們兩個一把拉上，帶我們排了另一條不知道什麼隊，反正我們就直接上了飛機（真的不是想破壞規矩啊，就連我們也不知道發生了什麼事，就不用排隊被帶上了飛機）。上了飛機後，小哥哥對我們笑了笑，轉身左拐去了商務艙，而我和夏雪兩位「灰姑娘」，則是右拐去了經濟艙，屬於我們的「平民座位」。

現在是在演偶像劇嗎？我和夏雪對望一眼，自嘲地吐了吐舌頭。

飛行到深夜，周圍的人都睡了，夏雪也熟睡了，我卻在飛機上總是睡不著。電影也看過了，照片也挑完了，雜誌也翻爛了。突然，一顆蘋果出現在我面前。

我抬頭。果然是那位小哥哥，他拿了幾顆「商務艙水果」來給我們吃。

布拉格廣場
沒有許願池

好在當時燈光昏暗，不然我的臉肯定尷尬成一顆蘋果。

我試圖搖醒夏雪，但她只是半睜開眼睛看了眼蘋果香蕉，點了點頭表示讚賞，又昏迷過去。

沒辦法了，是你睡著的，我只能獨自面對來自商務艙的帥哥了！

那天晚上，我們在廁所外面（？）聊了很久，原來我們的職業都是從事文化相關行業的，他因為探班電影而去了布拉格……在萬米高空上，好像全世界都睡著了，只有我們在小聲聊天。這樣的場景，難道不像偶像劇嗎?! 不像嗎?!

雖然，他住在北京，我住在香港，最後我們也只是成為了網路上的朋友而已，並沒有進一步發展。但這個奇妙的緣分，也是旅途中有趣的收穫啊。

以後要是寫偶像劇劇本，肯定會把這一幕寫進去的，不過可能會被人說老土就是了。

但話又說回來，再老土的劇情，只要對方的臉好看，也是想想就開心呢。萬米高空中，我的少女心小鹿亂撞到一定程度，終於撞累了，我也和夏雪一樣，陷入昏迷。

旅行，終於到了終點啊。這樣的句號，我喜歡。

知了，知了
夏雪

　　離開捷克那天，我們在候機室遇上一個坐商務艙、比我小六歲的小帥哥。我們互加了微信，從他的動態中發現他是個製片人，這次來捷克，是來監督演員拍戲，名副其實的年輕多金有才華。

　　我們坐在候機室的時候，已見他不時往我們這邊看，然後又送水又拉我們走商務通道。飛機飛到十萬呎高空時，Momo一度把我喚醒，輕聲又帶點小興奮地跟我說：「剛剛那個男的給我們送來了蘋果香蕉，現在又來邀請我們過去聊天，你要一起去嗎？」

　　我半睜開眼睛看了Momo一眼，又看了一眼蘋果香蕉，點了點頭，又閉上眼睛。我才不要當電燈泡呢。

　　記得多年前，我一個人飛去馬來西亞旅遊，順便找在地朋友見面。馬來西亞是個種族多元化的國家，除了原住民之外，還有華人、馬來人、印度人、伊班人、卡達山人、其他東馬來西亞民族，也是其他殖民時期留下的英國人、葡萄牙人和荷蘭人等歐洲後裔共同組成的多元民族國家，品流複雜。

　　當朋友知道我要去馬來西亞時，便安排了公司員工去機場接我，那是我第一次去馬來西亞。但我在機場等了很久，卻一直不見朋友的員工，我怕對方也許在別的出口等我，於是打算換個出口等，也順便在路上買張電話卡。

　　但才踏出機場，手機就被搶走了，我大喊，路上的行人面面相覷，卻沒一個來幫我。眼看著那個人即將要離開我的眼皮子，我也只能認賠。

　　我拉著一個行李箱，非但追不到，還要擔心不知哪裡會跑出他的同黨。手機丟了就算了，性命還在就好。

　　但怎麼辦，手機丟了，我該怎麼聯絡朋友呢？

　　雖然說馬來西亞四季如夏，但當真的到了夏天，那種夾雜著蟬聲的炎熱，會讓人不自覺地變得煩躁。

　　我走進附近的咖啡店，坐了下來。環顧四周，怎麼看都不像有免費電腦可以借用。我在那裡坐了很久，大概二十分鐘，心裡焦急的我，甚至忘記要先點一杯飲料。這時候，有個男人走了過來，是個外國人（以下對話全部自動翻譯為中文）。

　　「小姐，有什麼可以幫你嗎？」

　　我靈機一觸，「不好意思，我手機被搶了，你方便借我使用一下手機嗎？」

　　對方想都沒想，立刻把手機掏了出來。

　　如此爽快，就不怕我是詐騙集團嗎？我心裡這麼想。

　　我借他的手機先登入電郵，用跟店員借來的紙筆抄下了飯店的地址跟電話，再登入網頁版微博，聯絡我馬來西亞的朋友。

　　十分鐘過去了，朋友還是沒有回，我有點不好意思，於是向借我電話的男人尷尬地點了點頭。

　　他說：「我剛剛看到你寫的地址是王子酒店，我知道那裡，就在我要

去的地方附近。如果你不介意，要不要一起坐車過去？」

　　不知道是不好意思要對方一直坐在咖啡店等我，還是從哪裡來的勇氣
（梁靜茹給的勇氣？），我竟然答應了。

　　他叫 Antonio，西班牙人，留了一頭天然捲的咖啡色中短髮，單身，聽
聞亞洲女人有三從四德的美德，所以一直對亞洲女人很有好感，這次來
馬來西亞是出差。

　　防人之心不可無，上車之前，我拉著 Antonio 一起拍了張合照，然後
連同車牌號碼一併發給朋友。

　　在車廂中，我們有一搭沒一搭地聊著天。我聽他講馬來西亞的治安、
他出差的趣事，還有以前遇過的亞洲女人。

　　終於跟朋友聯絡上了，朋友說公司員工還在機場等我，問我人在哪裡。
我說我在機場遇到照片中的好心男 Antonio，現在已經在路上了，長話短
說，見面再聊。跟朋友約好在酒店見面，然後就把手機還給了 Antonio。

　　Antonio 是個好人，沿路一直滔滔不絕，還跟我分享了一些他在外國生
活的趣事。我的英語聆聽能力比讀寫好一些，而且他會講一點國語，所
以一直中英夾雜，但我依然聽的比講的多。

　　下車之前，他讓我先去警察局備案，然後約我晚上在王子酒店碰面。
我說我已經跟朋友約好了，他說那明天，我總要請他吃飯感謝他吧。說
完，便把我掏出來的車錢塞回我手裡，快速在我的臉頰親了一下。

　　我眉頭緊鎖，手背用力擦了幾下右臉頰，也罷，不過是外國人的禮儀。

布拉格廣場
沒有許願池

至於第二天有沒有再見面，那就是另一個故事了。

　　Antonio 是個很紳士的男人，學識淵博又風趣幽默，但對方比我足足大了十五歲，當年年紀太輕，便沒有考慮。後來回到香港，我們當了一兩年的網友，忘記是誰先沒回信，慢慢地我們就失聯了。

　　第一次的機場豔遇，就這樣無聲無息地結束。就像那年夏天花園外的蟬聲，叫著叫著，就戛然而止。

失心瘋二人組
Momo

　　由於捷克物價便宜，這就造成了失心瘋二人組誕生。

　　一開始我們還很節制，因為知道行李箱那麼快被塞滿，整趟旅程就會搬運得很辛苦。但是，這種節制的美德在經歷了 CK 小鎮的碎石路，跨越整個小鎮，徒步推行李、找住宿的艱辛後，就被我們拋在腦後……

　　女人的大腦可能有種天生機制，就是在付出了辛勞之後，必須也買一些無用的東西才能回血。當我們兩個精疲力盡地在 CK 小鎮裡閒逛，其他到此一遊的旅行團幾乎都已經在黃昏離開了。疲憊的我們突然發現，空空蕩蕩的小城裡，好、好、逛！

　　早就聽說捷克的有機植物精油產品很厲害，隨便逛逛就看見了幾家溫柔黃色燈光的精油品牌小店，有著名的 Botanicus、Manufactura，還有很多不那麼出名的品牌。我們本來只想進去禦寒的（入夜氣溫驟降），結果一聞到裡面香香的草本精油味道……悲劇就開始了。

　　有機香皂、洗臉皂、植物精油、精油護膚洗髮水、潤唇膏……該死的，為什麼在這個充滿童話色彩的小鎮裡，在溫暖的燈光木屋裡，有這麼多散發著天然清香的商品呢，這不是逼著我們往死裡買嗎？眼看我和夏雪的購物籃很快就被填滿，夏雪更誇張，她的男友有濕疹問題，為了能讓「親愛的他」得到天然的護理，她大小姐簡直把半個貨架都搬了下來。

　　廝殺過程中，我們對望了一眼，交換了一個默契的眼神：先不要那麼

衝動，因為搬運行李的過程實在太過艱辛。於是不約而同放下了一部分貨品，但結帳時的數字還是讓我們都嚇了一跳。原來便宜乘以 N 等於超級貴啊，夏雪一整個傻眼。不過為了「天然有機」四個字，我們還是把卡刷了下去。

可恨的是，整個捷克都太好買，處處可見散發著花香的有機小店，聖誕市集又有當地特產的各色香料調味粉，我還發現了便宜漂亮的茶杯組，但我們都對自己說：忍住，忍住！我們是來旅行的，不是來購物的。

直到旅行最後一天，在布拉格城區裡毫無目的地遊逛，這又成了瘋狂血拼的好時機。進入店鋪短短一小時，就覺得明天既然就要離開了，好想好想把這個充滿香氣的回憶帶給朋友家人啊！於是香味護手霜、精油保養品、香味水果茶又給它一頓買買買。

說實話，我做為一個藝人，雖然不紅，但平時也不乏廠商送的各種保養品，許多名牌都用過，不可能盲目相信一個小眾的便宜品牌會有多麼驚豔的效果。可是捷克的商品，厲害就厲害在那種天然草本的風味，植物的味道那麼怡人。偏偏每種味道都有完整一條產品線，這叫人如何是好？

所以，就這樣，在回程機上，夏雪同學不負眾望地行李大超磅。我們兩個蹲在機場一角，手忙腳亂地幫她收拾行李裡的東西，最後整個人用力跳在箱子上才能把拉鏈拉上。失心瘋的結果就是各種狼狽，至於信用卡帳單什麼的，就別再提了。

　　其實從小到大，我都不是一個熱愛買東西的人，好像對名牌包包有著天生冷感。媽媽在我大學畢業後送給我的第一個名牌包一直用到現在。而且平時經常要帶電腦出門寫作，都背著一個環保袋隨處擺放。所以，「失心瘋」這個詞對我來說非常陌生，也許是因為和夏雪一起旅行，才被感染的吧～

　　她總說，寧願買一件好的東西，然後一直用，這樣其實比較划算。在旅行中，她也和我分享之前去英國旅行時把行李箱塞爆的經歷，香薰、香水、茶葉、杯子……她都是買這些居家小物，把當時在花蓮的家裝飾得精緻又溫馨。我點頭同意，當時我也住過她的花蓮小屋，喝了她人肉背回來的焦糖茶，聞著英國的香薰入睡。所以，我認定，跟著她買絕對沒問題！誰知……

　　千里迢迢，終於把那一箱子有機天然商品運回家，有一天，夏雪突然打電話給我，無奈地說：「Momo，那塊號稱適合敏感皮膚的捷克死海泥手工皂，我男友洗了全身紅腫脫皮啦！根本就不適合敏感肌嘛！」

　　我問：「啊……那你買了幾條？」

　　「大約二十條吧……」

　　好吧……的確，試用了大多數戰利品，其實真的……沒有很好用。香味是很香沒錯，尤其是Manufactura桃子味道的產品，我搬了一整套回家，真的又香又甜又美味。可是呢，香水持久度很短、身體乳不吸收、護唇膏不滋潤……根本可以稱為全雷品啦！

　　我相信夏雪也是一樣，看著一整箱千辛萬苦搬回家的失心瘋成果，只

能苦笑一聲吧。可當發現這一切的時候，我的伴手禮早就送光光，現在只希望用的人不要過敏就好。

後續事件是這樣的，某天，我那位幫無數明星弄頭髮的髮型師突然打電話給我：Momo！他激動地說，你上次給我那塊香皂在哪裡買的啦？

什麼香皂？我一時迷惑。

「就是上次我們見面時，你隨手給我的小禮物啊！」

啊，我想起來了。上次去找他剪頭髮，就帶了塊死海泥手工皂給他。我立刻緊張起來，「你沒事吧?!沒有脫皮、濕疹、紅腫發炎吧?!!」這是在知道夏雪朋友用後脫皮之前送的。

他激動地說：「什麼？好好用啊！我的天啊，從來沒有遇過一塊洗臉皂，可以把我的臉洗得那麼乾淨又舒服！你在哪裡買的，我要去買！」

我說：「呃，是捷克啦。」

「哪裡？」

「捷，克。」

「啊……好遠！」他也只能苦笑了，「那你要是下次再去記得幫我買哦！」他還是不死心。

好……的。如果有下次的話，我心想。

掛電話後，頓時覺得，你看，我的失心瘋至少能夠讓一位朋友開心嘛，那就很好了呀！

價 值 一 棟 房 子 的 夢 想
夏雪

信念，能幫助你去到想去的地方。

在這個資訊爆炸的年代，買書的人愈來愈少，在我們努力想要把書寫捷克的文章出版的過程，也遭遇了不少挫折。

回到臺灣之後，我和Momo一直為出版旅遊散文而努力，但後來的後來，Momo已經不敢對出版抱有期待，而我卻對成就這件事情依然信心滿滿。

我不敢講百分之百，但幾乎下決心想做的事情，又或者認為自己可以做到的事情，幾乎都能做得到。

我們在飛機上，互相分享各自在寫作路上的經歷，如何進入這個行業，到底有多熱愛寫作這件事。Momo說她從二十一歲大學畢業開始，去旅行都會帶著電腦，我說我去旅行幾乎不帶電腦，我有手機就夠了。

因為是職業寫作者，我不用像其他人那樣固定時間上下班，可以自由安排工作時間，我要做的，是自我約束。我依然會旅行，偶爾跟朋友聚會，會專程坐車去很遠的地方只為看一眼那片風景。

筆電很重，不用很久肩膀就會開始痠痛，所以我不喜歡拿大包包，更不喜歡帶電腦出門。但我會寫，用手機寫。排隊寫，等車寫，有靈感的時候隨時寫。

手機書寫很方便，我寫了三本書、五部劇本，超過四十萬字。

　　十五歲開始打工，當過服務生，當過模特兒，當過配音員，跑過龍套，當過祕書，賣過珠寶。我一邊讀書一邊身兼數職，除了課外活動，下課後跟休假的唯一活動就是賺錢。我就是從那時候開始存錢的，我摳門又精打細算，每次朋友揪我出去玩，我都說沒錢，被朋友取笑我是守財奴，會賺錢卻不懂得好好對自己，白浪費了我的青春。

　　二十歲那年，我存了三十萬港幣，母親一直慫恿我拿去買房子，但我很怕，怕從此成為房奴，要一輩子為房子打工。想到這裡，我深切感受到當時的我，並不想這樣過一輩子。我無法度過別人決定好的人生，想要自己創造自己的人生。由於手上擁有一筆小存款，思前想後，決定破釜沉舟。

　　我說：「媽咪，我想要自己決定自己的人生，做自己喜歡的事情，但我也不想因為我的任性決定而影響家人。所以我會每月按時給你四千塊家用，希望你能成全我，放手讓我做自己的事情。」

　　母親覺得這筆錢用來投資房子也許還能賺錢，但我卻選擇將這筆錢充當生活費，發展自己的興趣。她覺得我很不理智，但她還是默許了，因為就算她再不願意，我人不出去工作，她也拿我沒轍。

　　半年後房價大漲，本來計劃購買的社區一下大幅升值了一百萬港幣。母親覺得可惜，在我耳邊念了好久，我卻覺得或許我就是沒有投資房地產的命，腳踏實地慢慢累積財富才是我該走的路。假如我當時選擇買房，房貸的壓力就會逼迫我一直當個幫老闆賺錢的上班族，不會有勇氣發展自己的興趣。比起以「有房」來當大家眼中的人生勝利組，還不如以自己想要的方式活著，向著目標努力邁進來得有滿足感。

　　母親覺得我傻，先是放棄了買房，又花兩年時間在家裡埋頭寫作。那時候我寫了很多稿，但都沒有收入，苦苦撐了兩年，直到收到第一份書約，接到第一個廣告、第一個雜誌約稿、第一部電影劇本。

　　一開始，父母不理解我，當時的男朋友不理解我，姐姐弟弟也不了解我，但我還是默默地寫。就算被說徒勞無功、遊手好閒、廢青、不懂事，我還是繼續寫，沒有停下來。後來我受邀出席書展的活動，我邀請父母一同前來，那日有很多記者媒體，還有藝人朋友幫忙站臺，有排隊找我簽名的讀者。然後母親對我說：「我好像有點知道你為什麼堅持了。」

　　我差點淚灑書展，我好想對母親說：「媽，我等你這句話等了很久……」但終究沒說出口，我怕一開口，眼淚就會停不下來。我不想讓別人看見我的淚水，我不想被別人見到我的軟弱。

　　二十歲開始，踏上職業寫作者這條路，距離出席書展活動已相隔六年，我終於獲得家人的理解，哪怕當時只有母親一人。就算如今有了自己的小房子，我也不會忘記書寫第一本書時，在烏黑的客廳，利用筆電螢幕透出來的微弱光線，瞇著眼睛敲打小說的光景。

　　有人說：「你這成本也太高了吧，你這是為了寫作放棄一間房子耶！萬一你最後沒有順利進入這個行業呢？那不就很虧嗎？」

　　我沒有多加思考，立刻回他說：「有房子的人不一定快樂，但能夠順自己的心意做自己想做的事，卻是件快樂且幸福的事情，而且我一直相信自己能夠做得到。」也許就是這股自信，所以後來成為職業寫作者時，我一點都不感到意外。因為我就是一直往這個方向前進啊！

一場離家出走

Momo

和夏雪的這場旅行，短短十幾日，卻成了我在二〇一九年很重要的回憶。

這一年，不容易，大家都不容易。

影視業寒冬、香港的社會動盪……我這個小演員、小編劇，真的是咬牙挺過來的，相信很多人都是如此。夏雪雖然不完全是這個行業，但她也有她的辛苦之處。

旅行結束後，我們便開始籌備寫書的事情，靠著訊息和電話交流，我們雖然分開生活，卻好像總是在伴隨著對方成長。

因為寫書，在沒有戲演也沒有劇本寫的日子裡，我至少多了一件事情做。雖然只是一些小小散文，但也讓我反覆思考我的人生，一路走來，原來經歷了那麼多，原來擁有的東西，竟是那麼豐盛。這樣一來，難忍的閒暇變得輕鬆起來，甚至開始享受每一個不用工作的日子，安靜下來，讓自己開心一點、慢一點老去，其實也是一件有意義的事情。

再說說這一年的變化吧。我愛上了閃閃的眼影，也愛上了裸色唇膏，愛上了大地色系的衣物，也愛上了泡香香的澡……慢慢地，在慢活的日子裡，有些改變也在悄然發生。參演的電視劇收視不俗、第二篇長篇小說順利連載、入圍了國家級的小說比賽……

雖然日子還是這樣平平淡淡地過著，但我知道，一切都在變好。時間

不會辜負每一個努力的人。

夏雪也是，她在這年結了婚，正式成為臺灣人妻，有了新家、新的生活。這一年，會是我們人生中永遠記得的一年吧，往後一定也會有迷茫，但想想這一年的經歷，也許我們就有力量繼續前行。

也許以後我會去很多次歐洲，但再也不會有這第一次的驚喜了，很慶幸在迷茫的時候選擇和朋友去旅行，而不是瘋狂購物、暴飲暴食，或是隨便找個人談戀愛。兩個女生去歐遊並非什麼壯舉，但能在艱難的現實中重拾勇氣，為生活創造新的能量，這對每一個人來說都是偉大的事情。

二〇一九結束了，我們談論的話題也變了許多。夏雪偶爾會和我講起現在生活的小煩惱，比如和另一半吵架了，比如生活上的小小疲憊⋯⋯我懂一個人生活在異鄉的感受，所以希望她能經常和我說說話，有個樹洞總比沒有好吧。

至於我，好像還是一樣，總是做幫人排遣煩惱的那個，但我知道我不一樣了，好像多了快樂的能力。以前是不願說，現在是坦然接受。整個二十歲，已經很努力了，已經吃過很多苦了，我覺得自己沒有遺憾。

我一直認為，生命的計量單位不應該是「Year」，而應該是「Moment」，那些閃閃發光的「當下」，組成了我們每個人獨一無二的人生。這一趟旅途有許多值得我記住的「Moment」：在布拉格卡夫卡舊居附近的小公園裡，一棵盛開的花樹下，陽光透過花瓣灑在我們的臉上，那一刻世界繁盛而多彩；在 CK 小鎮的清晨等車，雪突然飄了下來，小鎮很安靜，沒

有遊客沒有行人，只有我們在一座橋上，看雪花落下，那一刻世界寧靜而深邃；在去奧地利湖區的車上，所有人都睡著了，我在迷迷糊糊中醒來，四周都是白茫茫的霧氣，年輕司機皺著眉，專注地在狹小的林中小路穿行，那種驚險，好像下一步就會墜入深淵，而所有人都沉睡懵然不知……

　　這些瞬間會融入到我們的生命裡，即使很多年以後忘記了這是哪一年哪一月發生的事，但我會記得當時的溫度、氣味、心緒。我會記得是這些零碎的感知造就了現在的自己，年齡不代表我們，經歷才代表我們。

　　這本書，想送給每一個衝向三十歲的男孩女孩，我知道你們為了生存的壓力必須披上大人的外衣，但我也知道你們內心還是少年。如果累了，找一個好朋友去旅行吧，你們可以在旅途中聊天喝酒、談論過去和夢想，放任身體裡的少年少女衝出來，好奇地打量這世界：去喝醉，去笑，去哭，去恐懼，去迷路……你會想起小時候，是怎樣和這陌生世界初次介紹自己；那也必會是你，在漫漫人生中，和所有困境最舒服的相處方式。

　　但願我們永遠是敢於離家出走的少年。

告別青春，女孩的成人式

夏雪

我要結婚了，最高興的莫過於我的母親。

從捷克回來不久，男朋友的父母就開始跟我討論結婚的事宜。大概出乎很多朋友的意料吧，我要結婚了，還是閃婚。

把我拐走的人是蔡先生，一個讓我相信一見鍾情的確存在的傢伙。蔡先生從工讀生開始學習日本料理，有著超乎常人的專注力，直到二十六歲正式成為一名主廚，這份經歷讓我看到了他的堅持、刻苦以及才氣，也是我仰慕他的地方。因為是他，我才開始相信一見鍾情，相信浪漫的日子或許很好，但踏實、實在的日子更能細水長流。

一切都挺簡單的，沒有求婚儀式，沒有鑽戒，沒有電影故事裡繁雜或簡約的儀式。他上門提親時，甚至只提了一個水果籃和一個蛋糕，相約我的家人一起吃了頓飯。但我依舊被深深地打動，因為我知道什麼才是珍貴的東西。

我和蔡先生商量好，婚禮不公開宴請賓客，只簡簡單單跟雙方親友一起吃頓家宴，把錢節約下來裝潢我們的房子，這樣以後住得也舒心。這個決定告知母親的時候，她說：不公開宴客沒關係，但至少要有拜別父母儀式吧。聽到這話，我便抱著她撒嬌，說：「我才不要拜別父母勒，是要別什麼東西啦！我就是要糾纏你們一輩子啊～」母親聽了很高興，我知道她也捨不得我。

「那個什麼潑水我也不要做，就算出嫁了我還是你們的女兒，不是潑出去的水。」

關於婚禮上的習俗，每地各有不同，每個家庭的想法也都不一樣。幸而雙方的父母都同意了，他們認可我們這種簡單的溫馨，也讓我覺得幸福。

蔡先生來提親的那晚，我們兩家人在皇冠假日酒店裡面的一家酒樓吃飯，點了蔡先生和他家人都很喜愛的港式燒鵝。席間，我父親倒了很多酒，也喝了很多酒，喝到一半時他忽然很鄭重地握住蔡先生的手，說：「如果哪天你不喜歡我女兒了，請不要欺負她，把她還我就可以了。」

後來蔡先生和我提起這個場景，說父親講的那番話，令他感動非常，如果以後我們也有了女兒要出嫁，他也要跟準女婿講一樣的話。

蔡先生工作忙碌，只在香港住了一晚，便要急匆匆趕回臺中上班。父母從將軍澳一路送我們到中環，那時社會氣氛正緊張，港鐵隨時都會關站。我說：「送到這裡就好。到了香港站，機場人員就會開始檢查護照，你們沒有機票，他們不會讓你們進去，就送到這裡吧！趁港鐵還有停中環站，你們趕快回去。」

母親沒忍住，在港鐵中環站的大堂抽抽咽咽地哭了起來。其實她從坐港鐵開始就已經紅了雙眼，一直忍到此處，終究還是沒忍住。

我走過去緊緊擁抱著她，眼淚也跟著大滴大滴地滾下來。「別哭了，看到你哭，我也忍不住了。這是喜事，你不是一直盼著我們出嫁嗎？怎麼反倒哭成這樣？」

　　我把母親攬在懷裡，輕輕拍著她的背部。她抽泣著，「好好……我就送到這裡，就送到這裡。」

　　我輕輕推開母親，把她的手交到父親手上，然後隨蔡先生準備進站，可走了幾步回頭一看，父母依然跟在後面，滿臉不捨。

　　「回去吧，快回去吧。」我舉起右手，示意他們快點回去，我知道自己又要忍不住落淚了。

　　不想母親忽然快步追了上來，說也要抱一下準女婿。蔡先生尷尬地抱抱母親，說：「阿姨放心，我會好好照顧夏雪的。」

　　「她還是個孩子，不要看她很堅強，那是因為還沒讓她遇到可以不用堅強的男人。希望以後你能護著她，愛著她，不要讓她再受別人的欺負。」

　　我小時候極羨慕父母的愛情，心裡一直渴望長大後能夠組織自己的家庭，生一個孩子，然後給他很多很多的愛。當自己真的要出嫁時，卻又捨不得了。出嫁後，即使回家的路再近，也會變得漫長起來；即使回家的交通再方便，也終究是有距離的，不論是時間還是空間。

　　我和 Momo 雖然是在不同的城市打拚和生活，卻時刻關注著對方。我會關注她的臉書跟 IG，讀她寫的專欄，看她做的訪問，回應她對於生活所書寫的所見所聞。就算我們生活在不同的城市，卻依然關注著對方的動態。

　　她知道我要結婚的事，非常高興，說：「我們的小女孩也要出嫁了，從此搖身一變成為人妻，然後很快就成為人母。」

我聽她這麼講，內心也不免傷感，回覆她說：「聽你這麼一說，怎麼感覺自己好像真的長大了，不知不覺也到了要做母親的年齡了。」

但傷感只是一瞬，我知道未來是光明的，我可能在道別過去，但我也在迎接未來。

從六個月幾乎沒接到有對白的角色，到經歷社會運動，到電視臺減少公開活動，再到疫症的蔓延，種種事件，無一不在衝擊著 Momo 的事業。期間，Momo 也在成長，從最初的失望到接受，再到後來的積極爭取。在我們的生命裡，注定會經歷種種高低起伏，彷彿坐雲霄飛車一般，有起也會有落，有落時也必定會有起。無論過程如何，最終都會緩緩停靠遊人月臺，回歸平淡。

捷克旅行之後，Momo 來臺中旅行，背著一臺電腦，跟我們一起上山下海。Momo 並沒有因為不可抗力的因素而變得沮喪，她依然書寫，寫劇本、寫小說，也寫專欄。在沒有工作的時候，她依然沒有閒下來，反而「積極備戰」，她說時間不會辜負每一個努力的人。

十幾歲的時候，我們對世界仍然充滿希望，覺得世界很美好，覺得未來很光明，覺得我們一定能夠按照自己的計畫，一步一步邁向成功。但就在第一份工作中，你發現世界並沒有想像中那般美好，人心有點醜惡，失敗並不是成功之母，但日子依然要過。

我看著 Momo，感覺她好像也長大了，已經不是幾年前在劇院認識的那個懵懂的她。在這幾年間，我們都不知不覺地長大了。我看著她咬著牙挺過了影視業寒冬、香港的社會動盪，她變得不再焦慮，開始享受閒

暇的日子，面對愛情，也變得更從容。

我有時會嘆惋：「最後走到這地步，好可惜啊⋯⋯」

她卻說：「沒什麼可惜不可惜，就當作一場夢終於醒了。」

我很小心地問她：「你們在一起的時候，你開心嗎？」

她說：「超開心。」

我說：「那就好，最重要是開心。」

我也再不是從前那個自卑的自己，就算拍出來的照片不好看，也不會急著把它刪掉，而是選擇接受這個不完美的自己。我和 Momo 在一期一會中建立起我們的友情，也互相見證了彼此的成長，這是我的幸運。

我知道我們還會繼續成長，也會繼續一起出走。願我們能夠一直陪伴彼此，一起走下去。

後續・從花蓮到西貢

Momo

　　最近一次見夏雪，我們約在香港的西貢海邊。

　　自從捷克的旅行後，我們半年沒有見面。想不到再次見她，竟然是她準備結婚，回香港娘家過大禮。

　　「我覺得婚戒不用誇張，反正以後要經常戴的，不如選些平日可以戴的款式。這樣簡簡單單就很好，加一顆碎鑽價格要加倍呢！」夏雪給我看她手上的卡地亞婚戒，雖說是卡地亞，但是最最簡單的小金環，一顆碎鑽也沒有，價格也就幾千塊港幣，但她已經心滿意足，滿臉含笑。

　　「明天我要去水果店幫他媽媽看水果籃，他媽媽明天才來，怕沒時間去買過大禮水果……」她又叨叨絮絮地說。

　　婚禮籌備、買金子買水果籃……一切可以從簡，但傳統的步驟可一點不能省卻，這是一個女人一生中最大的儀式感。她在咖啡館認真地和我一一「彙報」，我也微笑聽著。她的臉上洋溢著幸福，一邊嘰嘰喳喳地說著蔡先生的事，一邊說著未來的打算。

　　少女時代，好像就這樣結束了呢。我心裡想，不過，好像也不是什麼難過的事情。

　　來西貢，是因為夏雪喜歡吃西貢的某家海南雞飯，我們坐在狹小的店鋪裡，點了兩大盤海南雞。「真的好想念這個啊！」夏雪開心地說。

　　她是一個很容易開心的人，一盤五十多港幣的雞肉飯就能讓她歡天喜

地。香港始終是她的家,走在西貢碼頭,這些風景都是那麼熟悉,而我們因為彼此在身邊而有不一樣的感受。

「你就這樣嫁去臺灣,爸爸媽媽不會捨不得嗎?」我問夏雪。

「當然會啊,不過也沒有辦法,所以這幾天要好好陪陪他們。」她計劃明天去街市買新鮮的蜆,炒蒜頭辣椒給爸爸下酒,又打算後天和爸媽飲茶……她認真地安排著這些細小的生活瞬間,就像一個要擔起家庭的小婦人似的。

我的腦海裡,又出現了剛剛認識她時,那個勇敢追夢的女孩,在臺灣獨自生活數年,她沮喪過、孤獨過,經歷了地震,事業也曾經低潮,而她終於遇見那個決定要守護一生一世的人。一個大膽的女孩,變得溫柔。一個自由的靈魂,變得安定。

可能這就是成長吧,不是什麼驚天動地的事情。也許當局者迷,旁觀者如我,卻看到生命的種種奇妙。從她的角度看我,大概也是另一番感受吧。

這些年,各自在不同的城市打拚著、生活著,我們不算經常在網路上談心,卻時刻關注著對方的動態。有了新的成績為她歡喜,卻也不用留下什麼恭喜的言語,只是心裡高興。我知道我們都是有著獨立靈魂的女生,不需要時常找人傾訴,自己能解決自己的生活和情緒。

很珍惜這樣的一期一會,就像此時此刻的海邊黃昏,我們喝咖啡,看著海面一點一點被夜晚染成靛藍色。時間很溫柔,又很強大,把我們一點一點變成現在的樣子。

　　鑽戒、豪華的異國婚禮，固然每個少女都幻想過，可到了遇見那個喜歡的人，好像一切都不重要了。少女夢幻最終被俗世的小幸福所打敗，從此以後，是生活的另一個開始⋯⋯我衷心地為她高興，但也不知道怎麼表達。

　　在捷克的時候，她和蔡先生每天睡前通話，她的國語和粵語比起來，有點嗲，好像每一句話都在撒嬌。我在旁邊聽著覺得好笑，慢慢地睡著了，睡夢裡她好像還在小小聲地講著電話。當時捷克夜晚的氣溫只有一、二度，但我睡得很暖，大概是因為有很讓人安心的朋友在身邊，大概也因為她是幸福的，我也覺得幸福。

　　有句話這樣說：好女孩上天堂，壞女孩走四方。

　　而我覺得，兩個女孩，可以瘋狂、可以可愛，更可以無所畏懼。

旅行吧，然後帶著故事回來！
夏雪

　　從備受家人保護的「妹妹」，到下決心旅居臺灣，除了學習打點自己的起居飲食，也學習如何和自己對話。

　　暫時放下工作去旅行和獨自生活一樣，同樣需要勇氣和決心，不要害怕跳出舒適圈，現在我有非常豐富的經驗，那是大多數人所沒有的。要不是離鄉背井來到臺灣，我有的只是和香港的家人一樣，在父母的保護下繼續當一朵溫室小花。那樣，我就不會知道，就算脫離了父母的保護和照顧，我依然可以活得好好的，甚至比依附在父母之下更加強韌。

　　我可以什麼也不怕，能對付很多別人不能想像的事。很多事情在你沒有經歷的時候，會把事情想得很可怕，可是你經歷了，就什麼都不怕了。真的不怕了。然後你就知道，一個人是可以非常堅強的，比你想像的要堅強得多。

　　每個人都會經歷世間百態，也許你從高處跌入低谷，也許你正經歷風雨，又或許生活的壓力已經讓你疲憊不堪，但是，請你一定不要一蹶不振。人的一生有高低起伏，並不僅僅只有你一個人會遇到逆境，只要咬緊牙關迎面而上，努力做到堅強而不怨世俗，敢於逆境而上的人，洗盡鉛華，命運終究會對你眷顧。

　　也許是從小生活在父母的保護下，令我無法獨立探知世界，那時候的世界很小，只有家人和做志工的社區中心。自從第一次出國旅行，嘗過

自由和獨立思考的甜頭後，便愛上了旅行。旅行讓你接觸從前沒接觸過的世界，當你願意細心觀察在地的人文，會慢慢變得更接地氣。

雖然世界很恐怖，但正因為知道世界的醜惡在哪裡，我們才懂得如何去防範，如何保護自己。不要奢望有人會保護你一輩子，讓你可以永遠生活在美好的童話世界裡面，才不會在突然面對醜惡時，令自己受到傷害。

舒適圈就像一個美麗的泡沫，人們驚豔於泡沫的美麗，卻沒有看到破滅的危險。認識醜惡不一定是件壞的事情，只有認識了，才有機會令自己變得更強大，強大到有足夠保護自己的能力。

我們總是很容易忽略自己已經擁有的東西，但在旅途上，我看到不幸的人，會意識到自己是超級幸運的人。和大多數人一樣，我也經歷過一些艱苦時期，經歷過挫折、失意和別人的不理解，但是我覺得自己的運氣還算不錯，因為我沒有挨過餓，還有一個「藏身之處」，我對過去的事表示感激，包括好的、不好的事情。

旅程雖然只有短短十數天，卻是一個很長的故事。我們不僅僅嘗到異國美食，也透過自己的腳步，一步一步深入了解他國的文化與歷史，甚至在旅程中更了解身邊的旅伴，了解自己。

旅行結束後，我和 Momo 開始梳理旅程。我發現長大不是為了要改變原本的自己，而是更靠近自己。長大後的你發現，你就是你；你還是那樣，長大，並不會讓你變成你想成為的那個人，而是讓自己更接近心目中的

布拉格廣場
沒有許願池

自己。長大的過程，就好像認識和統整自己。

　　這是一本關於旅行，關於友誼，關於成長的書。狠狠地揭開傷口，透過回憶跟旅程有關的過去，重新打開自己，令更多人知道我們是同在的。希望那些陷入情傷、曾經遭受過霸凌、對夢想感到絕望的人，能夠透過我們的旅程，感受到一點溫暖。

　　也把書獻給準備出走的您，願您出走歸來，道路更加廣闊。

國家圖書館預行編目資料

布拉格廣場沒有許願池 / 夏雪,吳沚默合著. --
初版. -- 臺北市：寶瓶文化, 2020.05
　面 ；　公分. -- (Island ；298)
ISBN 978-986-406-189-1 (平裝)

855   109004946

Island 298

布拉格廣場沒有許願池

作者／夏雪、吳沚默

發行人／張寶琴
社長兼總編輯／朱亞君
副總編輯／張純玲
資深編輯／丁慧瑋
編輯／林婕伃
美術主編／林慧雯
校對／林婕伃‧陳佩伶‧林俶萍‧夏雪‧吳沚默
營銷部主任／林歆婕　業務專員／林裕翔　企劃專員／李祉萱
財務主任／歐素琪
出版者／寶瓶文化事業股份有限公司
地址／台北市110信義區基隆路一段180號8樓
電話／(02) 27494988　傳真／(02) 27495072
郵政劃撥／19446403　寶瓶文化事業股份有限公司
印刷廠／世和印製企業有限公司
總經銷／大和書報圖書股份有限公司　電話／(02) 89902588
地址／新北市五股工業區五工五路2號　傳真／(02) 22997900
E-mail／aquarius@udngroup.com
版權所有‧翻印必究
法律顧問／理律法律事務所陳長文律師、蔣大中律師
如有破損或裝訂錯誤，請寄回本公司更換
著作完成日期／二〇二〇年二月
初版一刷日期／二〇二〇年五月八日
ISBN／978-986-406-189-1
定價／三二〇元
Copyright © 2020 by Angela Beatrice and Momo Wu
Published by Aquarius Publishing Co., Ltd.
All Rights Reserved.
Printed in Taiwan.

AQUARIUS

愛書人卡

感謝您熱心的為我們填寫，
對您的意見，我們會認真的加以參考，
希望寶瓶文化推出的每一本書，都能得到您的肯定與永遠的支持。

系列：Island 298　書名：布拉格廣場沒有許願池

1. 姓名：＿＿＿＿＿＿＿＿　性別：□男　□女

2. 生日：＿＿＿年＿＿＿月＿＿＿日

3. 教育程度：□大學以上　□大學　□專科　□高中、高職　□高中職以下

4. 職業：＿＿＿＿＿＿＿＿

5. 聯絡地址：＿＿＿＿＿＿＿＿＿＿＿＿＿＿＿＿＿＿＿＿＿

　聯絡電話：＿＿＿＿＿＿＿＿＿　手機：＿＿＿＿＿＿＿＿

6. E-mail信箱：＿＿＿＿＿＿＿＿＿＿＿＿＿＿＿＿＿

　　　　　□同意　□不同意　免費獲得寶瓶文化叢書訊息

7. 購買日期：＿＿＿年＿＿＿月＿＿＿日

8. 您得知本書的管道：□報紙／雜誌　□電視／電台　□親友介紹　□逛書店　□網路
　□傳單／海報　□廣告　□其他

9. 您在哪裡買到本書：□書店，店名＿＿＿＿＿＿　□劃撥　□現場活動　□贈書
　□網路購書，網站名稱：＿＿＿＿＿＿＿　□其他＿＿＿＿＿＿

10. 對本書的建議：（請填代號　1. 滿意　2. 尚可　3. 再改進，請提供意見）

　內容：＿＿＿＿＿＿＿＿＿＿＿＿＿

　封面：＿＿＿＿＿＿＿＿＿＿＿＿＿

　編排：＿＿＿＿＿＿＿＿＿＿＿＿＿

　其他：＿＿＿＿＿＿＿＿＿＿＿＿＿

　綜合意見：＿＿＿＿＿＿＿＿＿＿＿＿＿＿＿＿＿＿＿

11. 希望我們未來出版哪一類的書籍：＿＿＿＿＿＿＿＿＿＿＿＿＿

讓文字與書寫的聲音大鳴大放
寶瓶文化事業股份有限公司

（請沿此虛線剪下）

寶瓶文化事業股份有限公司 收

110台北市信義區基隆路一段180號8樓

8F,180 KEELUNG RD.,SEC.1,

TAIPEI.(110)TAIWAN R.O.C.

（請沿虛線對折後寄回，或傳真至02-27495072。謝謝）